Une vie et des amies fa
que demander de

Barbie évite de justesse les jets d'eau qui fusent entre Lara et Nichelle. Bientôt, Lara et Nichelle se poursuivent dans toute la pièce. Toutes deux prennent soin d'éviter l'œuvre sur laquelle Lara travaille, installée sur un chevalet près de la fenêtre. Lara et Nichelle finissent par s'effondrer sur les hauts tabourets qui entourent le comptoir dans une grande explosion de rire.

— Et puis, Lara, sais-tu ce tu vas présenter au concours ? répète Nichelle après avoir repris son souffle.

Bien sûr ! s'exclame Lara avec enthousiasme. Je vais m'inspirer de New York et combiner peinture et photographie !

Lara éponge sa manche avec un essuie-tout. Puis elle approche une poubelle et commence à essuyer toute l'eau qu'elle et Nichelle ont répandue.

— C'est génial ! déclare Nichelle. Mais tu n'as pas peur que ce soit difficile ?

Nichelle se laisse glisser dans son tabouret et aide Lara à ramasser la montagne d'essuie-tout détrempés.

— Difficile... certainement, réplique Lara, en dessinant dans les airs avec un pinceau. Mais maintenant que je suis inspirée, çà va se faire comme çà ! ajoute-t-elle en faisant claquer ses doigts.

— Ça va être de la tarte !

— Moi, j'aime mieux le gâteau ! s'exclame Nichelle en riant.

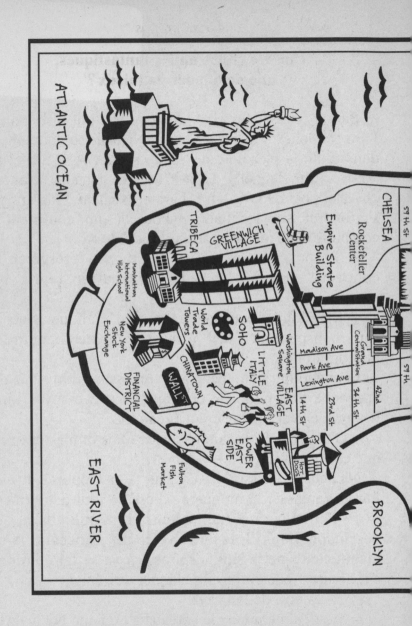

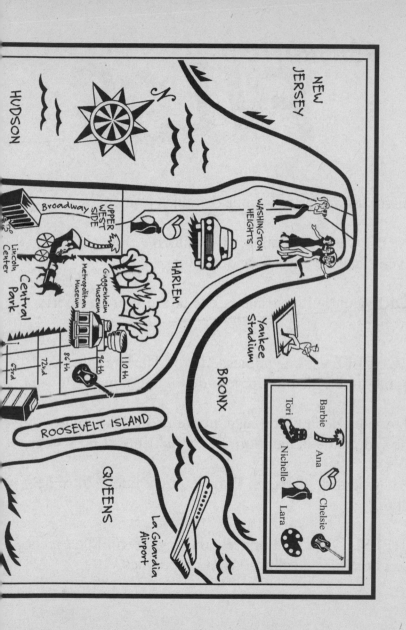

Laissez-moi vous présenter des filles branchées...

BARBIE vient de Malibu, en Californie. Elle aimerait devenir actrice et réaliser des films.

TORI vient de l'Australie et elle adore tous les sports extrêmes.

NICHELLE est une adolescente de Harlem qui connaît une brillante carrière de mannequin.

ANA vient de la partie hispanophone de Harlem et est une vedette de la natation, de l'athlétisme et du soccer.

LARA vient de Paris, en France, et est une peintre de talent.

CHELSIE vient de Londres, en Angleterre. Elle excelle dans l'écriture de chansons et de poèmes.

GÉNÉRATION FILLES™

AU-DELÀ DES APPARENCES

par Melanie Stewart

Adaptation de Laurent Divers
et Laurence Bate

Les presses d'or®

A GOLDEN BOOK®

Golden Books Publishing Company, Inc.
New York, NY 10106

GÉNÉRATION FILLES ™ et BARBIE ® et Associés sont des marques de commerce de Mattel, Inc. Copyright © 1999 Mattel, Inc.

Tous droits réservés.

Les photos ont été utilisées avec l'autorisation de Polaroid Corporation.

Titre original : *Picture Perfect*

Édition française publiée par LES PRESSES D'OR®
7875, boul. Louis-H.-Lafontaine, bureau 105, Anjou (Québec) Canada H1K 4E4

Imprimé au Canada. Isbn : 1-552252-03-5

Cliquez-nous à www.lespressesdor.com

Chapitre 1

« Eurêka ! »

— Eurêka ! J'ai trouvé ! s'exclame soudain Lara Morelli-Strauss. Et dans son enthousiasme, elle envoie voltiger son pinceau dans les airs, si bien que la toile disposée devant elle se couvre d'une multitude de taches d'un superbe bleu sombre...

« Arggg ! Mon chef-d'œuvre en péril ! » D'une main experte, la jeune fille prend une noisette de blanc et répare prestement les dégâts : la statue de la Liberté réapparaît dans toute sa splendeur.

Cela fait bien une heure maintenant qu'elle et Barbie Roberts attendent leurs amies dans l'atelier de peinture de la Manhattan International High School, ou M.I.H.S. D'ordinaire, Lara aurait piaffé d'impatience, mais, pour une fois, elle apprécie le répit que lui procure ce retard, dû probablement aux nombreuses activités parascolaires de ses amies. Avec le Grand Prix des Jeunes Artistes de New York en perspective, chaque minute compte !

Barbie lève les yeux de son livre de maths :

— Tu sais donc enfin ce que tu vas faire pour le Prix ?

— Oui, et grâce à toi, Barbie, répond Lara avec un sourire reconnaissant. Je vais utiliser les photos que nous avons prises de New York !

Dans moins d'un mois, Lara doit avoir déposé son projet. Or, une des exigences du jury est que l'œuvre présentée fasse appel à plusieurs techniques artistiques ou à plusieurs matériaux.

— Combiner la peinture et la photographie ? Formidable ! dit Barbie en frappant des mains.

— Formidable ne suffit pas, hélas ! Il faut que ce soit exceptionnel, grandiose, spectaculaire, décoiffant même, si je veux avoir seulement un soupçon de chance d'être retenue pour la première sélection !

— Bah, quand on a remporté le premier prix d'expression artistique à un des meilleurs lycées de Paris, on n'a pas trop de souci à se faire, lâche Barbie avec un clin d'œil.

— Tu plaisantes ? dit Lara, s'étranglant d'indignation. Tout ce que New York compte comme jeunes talents va s'aligner sur les rangs ! Une récompense de 5 000 dollars, tu imagines ?

— Une bagatelle, quoi, commente Barbie, toujours pince-sans-rire.

Après avoir fait une grimace à son amie, Lara reporte son attention sur sa toile. La jeune fille est née en France, où elle a suivi une formation artistique poussée, mais, assez curieusement, son expérience de la photographie est restée rudimentaire jusqu'à sa rencontre avec Barbie. La jeune Californienne, qui, au contraire, manie avec aisance appareils photo et caméras depuis sa tendre enfance, s'est offerte à devenir le professeur de Lara. C'est ainsi que les deux amies ont sillonné New York, appareil en main, patins aux pieds, à la recherche DU cliché original, ou émouvant, ou fascinant, ou les trois à la fois.

À présent, Lara est devenue presque aussi experte que Barbie, et, au fil du temps, leurs albums se sont enrichis de mille et une fenêtres ouvertes sur la ville : ici, on voit les vendeurs d'huîtres de Little Italy, avec leur petite charrette à bras ; là, des tout-petits contemplent, bouche bée, les énormes dinosaures du Musée d'histoire naturelle ; là encore, les couleurs chatoyantes du Nouvel An chinois...

– Quand vont-elles arriver, à la fin ? Je meurs de faim ! grimace Lara, dont l'estomac commence à protester bruyamment.

– L'entraînement d'Ana est pratiquement terminé, fait observer Barbie, après un coup d'œil sur sa montre. Les autres ne devraient pas tarder non plus.

Dehors, le ciel s'est obscurci, et les silhouettes des deux jeunes filles se reflètent sur les vitres, offrant un saisissant contraste. D'une part, Lara, longue, anguleuse et racée, aux yeux vert sombre et aux cheveux de jais ; d'autre part, Barbie, mince elle aussi, mais légèrement potelée, avec des yeux myosotis et une chevelure de miel. La première, typiquement européenne, vêtue avec recherche, et ayant pris soin d'harmoniser jusqu'à ses pinces à cheveux à la couleur de ses habits ; la seconde, résolument américaine, avec sa beauté saine et naturelle, et sa tenue décontractée.

— Salut, les filles ! dit alors une voix veloutée, tandis qu'une jeune Noire vêtue d'une robe vert fluorescent du plus bel effet fait son apparition.

— Hello, Nichelle ! répondent en chœur Lara et Barbie.

— Alors, Lara, ce projet, il avance ? demande la nouvelle venue, tout en faisant mine de déposer son sac à dos argenté sur la table. Oh, oh, je ne sais pas s'il avance, mais en tout cas il s'étale, il est en expansion constante, il progresse... ajoute-t-elle, en évitant prestement la table en question, maculée d'une large tache de peinture à l'huile.

Puis, après avoir ôté quelques toiles encore vierges d'un tabouret, elle s'y assied. Mais c'est sans compter avec Lara et ses facéties :

— De fait, Mademoiselle Watson, il est parfois dangereux de s'approcher d'un artiste peintre. Et, sans crier gare, elle asperge Nichelle des gouttelettes d'eau suspendues à son pinceau fraîchement rincé.

Prenant un air faussement outragé, Nichelle sort une gourde flambant neuve de son sac à dos et la brandit au nez de son amie :

— L'arroseur arrosé, connaissez-vous, Mademoiselle Morelli-Strauss ?

Pouffant de rire, Lara lève les bras en l'air, comme

pour se rendre. Puis, voyant que Nichelle dépose sa gourde, sans méfiance, elle en profite pour l'asperger derechef...

– Ceci demande vengeance! hurle Nichelle, qui se met à poursuivre son amie à travers la pièce, tandis que l'eau gicle copieusement de tous côtés, et cn particulier sur Barbie, derrière laquelle les deux belligérantes se réfugient tour à tour! Seule la toile de Lara, sagement posée sur son chevalet près de la fenêtre, a droit à quelques égards. Enfin, à court de munitions et de souffle, les deux filles finissent par se laisser tomber sur un siège, les larmes aux yeux d'avoir tant ri.

Ayant repris sa respiration et son sérieux, Lara contemple Nichelle, assise en face d'elle. D'où diable la jolic Afro-Américaine tire-t-elle cette incroyable énergie, qui lui permet de s'investir avec sa générosité coutumière dans divers projets, tout en récoltant les meilleures notes à l'école et en menant de front sa carrière de mannequin junior? Mystère et boule de gomme!

– Alors, Lara, répète Nichelle, et ce projet?

– Que penses-tu d'un amalgame sur le thème de New York, qui combinerait peinture et photographie? fait Lara, tout en commençant à éponger l'eau répandue au sol au moyen de papier absorbant.

– Mmm, intéressant, mais la réalisation me semble passablement complexe...

– Complexe, certes, mais pas impossible, car, comme on dit à Paris, «impossible n'est pas français»! D'autant plus que, maintenant que je tiens mon idée, je me sens inspirée, inspirée! C'est dans le sac, les filles!

– Que dites-vous? dit alors une voix teintée d'un accent anglais reconnaissable entre tous, celui de mademoiselle Chelsie Peterson, en provenance directe de la verte Angleterre. On insulte les Anglais? Et pourquoi pas sa très gracieuse Majesté la Reine, dont je suis l'humble et dévouée sujette?

– Salut, Chelsie! dit Lara, tout sucre, tout miel. Ne t'emporte pas; je relève seulement les bizarreries de la langue anglaise.

– Avec l'anglais, ma très chère, on se fait comprendre partout! riposte Chelsie, d'un ton faussement supérieur.

– Sauf en Angleterre, où tout le monde semble avoir fréquenté Oxford ou Cambridge! réplique Lara, imitant l'accent affecté et pointu de la *gentry*.

– C'est vrai, ça! Parlé par nous autres, Américains, l'anglais est déjà beaucoup moins guindé! lance Nichelle, prenant plaisir, elle aussi, à taquiner Chelsie.

– Et par nous autres, Australiens, il est beaucoup plus imagé et coloré! claironne une voix haut perchée.

– Tori! Pas trop tôt! En patins à roulettes, évidemment...

De fait, Tori Burns, arrivée en droite ligne de Melbourne, en Australie, ne se déplace jamais qu'à roulettes, ses deux nattes blondes volant au vent. Par ailleurs, son parler savoureux fait souvent la joie et l'hilarité de ses camarades.

— Pour vous servir, fait Tori en esquissant une courbette. Dites, les filles, j'ai une de ces fringales! Qu'attendons-nous pour aller casser la croûte quelque part?

— Dis plutôt : qui attendons-nous, la corrige Barbie. Dès qu'Ana sera arrivée, nous filerons au Eatz.

Situé non loin de l'école, ce resto accueillant et bon marché est le repaire favori de nos amies et, en général, de tous les élèves de la M.I.H.S.

— Mais je serai morte de faim, le temps qu'Ana finisse ses pompes et autres joyeusetés, gémit Tori, atterrée.

— Quelle bonne nouvelle! Bon débarras! s'exclame malicieusement Ana Suarez, qui vient de passer la porte en coup de vent, superbe dans le survêtement vert et or de l'école. Si son teint mat et ses cheveux noirs rappellent sans hésitation possible ses origines mexicaines, son cœur, lui, vibre au rythme de New York, qu'elle connaît comme sa poche pour y être née et y avoir grandi.

Lara regarde ses amies, enfin réunies, avec affection. Quelle chance elle a d'être entourée de ces filles aux personnalités si différentes. À Paris, ses condisciples ne pensaient qu'à une chose : l'art, point final. Ici, au cours de ces six mois passés à New York, elle a l'impression que sa vie s'est merveilleusement enrichie : ainsi, elle a eu l'occasion d'assister à des compétitions de planche à roulettes avec Tori, d'aider Barbie à répéter ses auditions, d'encourager Ana lorsqu'elle a participé au triathlon, de chanter dans la comédie musicale de

Chelsie, d'accompagner Nichelle à des séances de photo... Que la vie est excitante à New York!

Un sourire aux lèvres, la jeune artiste finit de ranger ses pinceaux. Les filles mettent le cap sur leur resto favori, où elles ont la chance de dénicher une table libre. Une fois assise, Chelsie sort le journal de son sac, l'ouvre et le déploie à la rubrique culturelle. En plein milieu de la page s'étale l'annonce d'un nouveau film.

— Regardez, dit Chelsie, pointant du doigt la photographie du jeune premier. Le dernier film de Troy Marcus! Mon Dieu, qu'il est beau! (et elle pousse un soupir languissant). Nous DEVONS le voir!

Les six filles ont, en effet, décidé d'aller au cinéma ce soir-là : mais encore faut-il trouver un film qui plaise à chacune! Or, Tori préfère les films d'action, Barbie, les histoires d'amour, Nichelle et Ana, les films policiers; Lara, pour sa part, penche pour les productions européennes, les trouvant plus subtiles que leurs consœurs américaines. Quant à Chelsie, peu lui importe le scénario, du moment qu'y figure Troy Marcus! Bref, c'est, on le conçoit, un véritable casse-tête chinois. Mais, cet après-midi-là, le consensus se fait sans douleurs ni grincements de dents...

— Va pour Troy Marcus, commence Lara, étonnamment conciliante. (Vous ai-je dit, au fait, que l'acteur est vraiment, vraiment très mignon?)

— Je suis d'accord, moi aussi, continue Nichelle. Puis, prenant les choses en main, avec son énergie habituelle : Qui est contre? (pas de réaction) Qui est pour?

Aussitôt, six doigts se lèvent en un bel ensemble...

— Incroyable mais vrai, s'exclame Tori. Du jamais-vu dans l'histoire de l'équipe féminine de rédaction du *Generation Beat* !

Les six filles participent, en effet, à l'élaboration du journal de l'école, y apportant chacune son savoir-faire et son enthousiasme débordant.

— Et pour ces demoiselles, ce sera? demande le serveur, qui vient de faire une souriante apparition.

La commande passée, la discussion s'engage sur LE sujet qui fait l'objet de controverses passionnées à l'école en ce moment, à savoir l'élection du directeur d'un jour. C'est là l'idée de Madame Simmons, la directrice : dans le but d'obtenir un peu de publicité pour la M.I.H.S., dont la création est relativement récente, elle a suggéré aux élèves d'élire une personnalité du monde politique, du spectacle ou de l'art, qui accepterait d'être le directeur (ou la directrice) d'honneur de l'école pour un jour. Chelsie, en tant que rédactrice assistante de *Generation Beat,* est chargée d'organiser le vote par le biais du journal ou du site Internet.

— En tout cas, si vous n'avez pas encore voté, je vous suggère de le faire au plus vite, conclut-elle d'une voix pressante.

— Attention, c'est chaud ! Voici, mesdemoiselles : six portions de frites bien remplies !

Les filles s'écartent pour laisser le serveur poser la nourriture sur la table étroite. Puis, dès qu'il repart,

Nichelle vide d'autorité tous les plateaux sur un seul, obtenant ainsi une impressionnante pièce montée de frites au centre de la table :

— Ce sera plus commode comme ceci, fait-elle d'un ton décidé. Nous n'avons qu'à nous servir.

Et chacune de piger allègrement dans le tas, jouissant du plaisir de manger avec les doigts et en bonne compagnie ! Au bout d'un moment, Barbie consulte sa montre :

— Oups ! Le film va commencer ! Dépêchons-nous !

En un clin d'œil, les filles font disparaître les dernières frites, se ruent à la caisse, paient et se retrouvent sur le pas de la porte. Déjà Tori et Ana resserrent leurs patins :

— Pas le temps d'attendre les minables piétonnes que vous êtes ! Nous filons au cinéma acheter les places pour tout le monde ; vous nous rembourserez après !

Après ces vigoureuses paroles, nos deux sportives s'élancent dans un bel ensemble, tandis que les quatre autres se mettent péniblement en train. Il ne faut pas longtemps à Chelsie pour déclarer forfait et ralentir le pas :

— Je... je... je n'en peux plus ! A... a... attendez-moi ! Je... je... je crois bien que je vais m'évanouir *hic et nunc...*

— *Hic* et quoi ? demande Barbie, fronçant les sourcils. Tu as le hoquet ?

— *Hic... hic... hic et nunc,* répète Chelsie, toujours haletante. C'est du latin : cela signifie « ici et maintenant ».

– Voilà bien les Européennes, pouffe Barbie. Mademoiselle souffle comme un phoque, est sur le point de défaillir, exténuée, mais elle trouve moyen de nous servir une expression latine! Allons, courage, Chelsie, nous y sommes!

Plantées devant l'entrée du cinéma, billets ostensiblement en main, Tori et Ana accueillent leurs amies, une expression narquoise au visage:

– Alors, les limaces, vous voilà enfin? Nous avons eu les derniers billets, au fait.

Mais Chelsie, perdue dans la contemplation de son héros favori, dont le sourire charmeur s'étale en gros plan sur l'affiche, au-dessus de la porte, ne répond pas: comme dans un état second, elle pénètre dans la salle bondée, suivie de ses amies.

Soudain, Lara fait demi-tour:

– Tu me gardes un siège, Barbie? chuchote-t-elle. J'ai oublié de prévenir mes parents. Je reviens tout de suite.

Lara se précipite dans le couloir à la recherche d'un téléphone public: elle finit par en trouver un près des fontaines. Quelle malchance: elle va rater les bandes-annonces des nouveaux films! Avec une petite moue de dépit, elle compose le numéro. Une voix chantante se fait entendre à l'autre bout du fil:

– *Buongiorno!*

Lara sourit: quand sa maman, qui est Italienne, se rappellera-t-elle de répondre en anglais au téléphone?

– *Ciao, mama!* c'est moi...

— Lara! Mais où es-tu, *carina*? demande Madame Morelli-Strauss. Je suis en train de préparer des lasagnes à la crème, comme tu les aimes.

Et, comme pour confirmer ses dires, des bruits de casseroles et de pots entrechoqués parviennent aux oreilles de la jeune fille. Au même moment, une voix masculine, fortement teintée d'un accent germanique, s'élève :

— Lucia, est-ce vraiment indispensable de faire tout ce tapage? J'essaye de travailler, figure-toi!

Monsieur Morelli-Strauss est manifestement irrité.

— Je parle avec Lara tout en préparant le dîner, réplique sa femme d'un ton vif : ce n'est pas défendu, j'imagine?

En entendant cet échange acerbe, Lara ne peut s'empêcher de soupirer : ces derniers temps, ses parents ne semblent s'adresser la parole que pour se disputer. Mais aussi, comment ont-ils pu s'éprendre l'un de l'autre, avec leurs tempéraments si dissemblables? Car, autant Monsieur Morelli-Strauss est calme, rationnel et réservé, en bon Allemand qu'il est, autant sa femme est exubérante, volubile et émotive, ce qui ne manque pas de constituer un mélange étonnant... et bien souvent détonant, hélas! Enfin, Madame Morelli-Strauss reprend le combiné :

— Désolée, chérie. De quoi parlions-nous donc?

— Du repas de ce soir, répond Lara. Je vais au cinéma avec mes amies, maman, ne m'attendez pas : je ferai réchauffer ma part lorsque je rentrerai, vers 21 h 30, au plus tard.

– C'est entendu, *carina*. Bonne soirée !

Au moment où Lara allait raccrocher, la voix de Monsieur Morelli-Strauss se fait entendre :

– Lara, *liebchen*, n'aurais-tu pas vu mon dictionnaire allemand-anglais ? Avec ta mère qui étale ses croquis partout, je ne retrouve jamais mes livres...

Lara soupire à nouveau, puis, d'un ton las, répond :

– Non, papa, je ne l'ai pas vu. Bonsoir !

Et elle se dirige vers la salle plongée dans l'obscurité. Elle ne peut s'empêcher de penser à ses parents et aux escarmouches incessantes qui les opposent depuis leur arrivée en Amérique. Ils ont quitté l'Europe parce que son père s'est fait offrir une chaire de littérature allemande à l'Université de New York. Sa mère, qui, en tant que dessinatrice de mode, s'est déjà taillé un beau succès à Paris, a profité de l'occasion pour s'attaquer au marché américain. Madame Morelli-Strauss adore littéralement New York et les occasions qu'offre l'Amérique. Mais il n'en va pas de même pour son mari, qui ne semble pas trouver son équilibre dans cette grande ville, bruyante et animée, malgré les satisfactions que lui apporte son travail.

De plus, Monsieur Morelli-Strauss aime lire tranquillement. Or, la tranquillité est sans doute la denrée la plus rare dans leur appartement, dans la mesure où Madame Morelli-Strauss est en perpétuel mouvement et où Lara et ses amies s'y donnent rendez-vous avant de partir en excursion dans Soho. Ce qui n'arrange pas les choses, en outre, c'est que leur appartement est conçu comme un «loft», c'est-à-dire essentiellement un grand plateau dégagé, où aucune cloison ne vient faire obstacle au bruit : bref, Monsieur Morelli-Strauss a toutes les peines du monde à se concentrer, sauf quand il se retire dans son petit bureau, qui lui offre un semblant d'intimité et de quiétude.

À l'opposé, Madame Morelli-Strauss ne s'épanouit que dans l'agitation et le bruit : elle a toujours envie de sortir, de courir les galeries d'art et les boutiques de mode avec ses amies. Avec ses croquis et ses échantillons de tissu éparpillés dans tous les coins, son atelier, situé à l'autre extrémité du loft, est aussi désordonné et chaotique que le bureau de son mari est bien organisé. Par ailleurs, elle rage de frustration de voir son mari se terrer dans ses livres des semaines durant. En Europe, Lara avait l'impression que leurs disputes étaient moins fréquentes et moins graves. Quelque chose semble avoir changé, imperceptiblement mais irrémédiablement.

Enfin, après avoir murmuré des excuses à gauche et à droite, Lara réussit à se glisser dans les rangées et à gagner sa place, entre Chelsie et Nichelle. Les bandes-annonces viennent de finir : le film va commencer.

– Bien joué! lui souffla Nichelle. Tu arrives juste à temps!

À sa grande surprise, le film se révèle étonnamment bon. Et force lui est de reconnaître que Troy Marcus est vraiment très, très beau...

— Mais comment peut-elle lui faire confiance ? Il faut qu'elle soit aveugle ! lui chuchote soudain Chelsie à l'oreille, tandis que l'héroïne monte dans la voiture du méchant. On voit bien que c'est un terroriste !

Mais, heureusement pour l'héroïne en question, une blonde pulpeuse aux cils papillonnants, Troy Marcus plonge à l'instant même par la fenêtre, l'arrache *in extremis* des griffes du méchant, la jette sur sa moto et lui offre un bouquet de roses, avant d'appuyer sur le champignon et d'échapper à leurs poursuivants !

Lara entend sa voisine soupirer d'aise : « Mon Dieu, comme c'est romantique ! Des roses, est-ce possible ? » Cette réflexion ramène la jeune fille à ses préoccupations : son père et sa mère ont-ils été amoureux, réellement amoureux ? Qu'est-ce qui les a poussés l'un vers l'autre ? On dit parfois que les contraires s'attirent, mais, dans le cas de ses parents, Lara a l'impression que la magie a cessé de fonctionner, que l'attirance s'est évanouie en fumée, et que leurs différences, au lieu de les rapprocher, les séparent plus que jamais...

Soudain, la jeune fille sursaute : une voiture vient d'exploser à l'écran. Lara se rend compte qu'elle a totalement perdu le fil de l'intrigue, plongée qu'elle était dans ses réflexions. Elle secoue la tête, comme pour chasser les pensées importunes. Au même instant, Chelsie lui saisit le bras, l'air extasié :

— N'est-ce pas qu'il est fabuleux ?

— Oui, tout à fait, répond-elle mollement.

Nichelle, quant à elle, vient d'extraire un sachet de truffes au chocolat de son sac et commence la silencieuse distribution. Lara fourre docilement la sucrerie dans sa bouche et s'absorbe dans la contemplation de Troy Marcus. «Pas de doute, la vie est bien meilleure avec du chocolat; je devrais cesser de m'en faire», pense-t-elle, et elle se force à suivre les péripéties et rebondissements du film.

Lorsque celui-ci se termine et que la lumière revient, les filles clignent des yeux, puis se décident à quitter leurs sièges. Une fois dans la rue, Nichelle et Tori se mettent à entonner une des chansons que Chelsie a composées pour la comédie musicale de l'école, et bientôt, on entend les six filles chanter à pleins poumons, tandis qu'elles cheminent vers la station de métro.

Nichelle s'arrête brusquement sur ses pas :

— Lara, regarde! N'est-ce pas une des créations de ta mère? demande-t-elle, tout en désignant du doigt un ensemble violet, original et raffiné, dans une boutique de vêtements dernier cri.

Lara examine l'ensemble dans la vitrine : d'inspiration japonaise, il est en lin, plutôt qu'en soie, et gansé de velours.

— Eh oui, acquiesce Lara. Nichelle, ma fille, ton sens de l'observation m'étonnera toujours!

En tant que modèle, mannequin, conseillère et critique officieuse de Madame Morelli-Strauss, Lara a sa penderie pleine de vêtements, témoins des tâtonnements et recherches stylistiques de sa mère. Et comme la jeune fille tient sa garde-robe ouverte pour ses amies, celles-ci ne se privent pas de venir emprunter, pour les grandes occasions, l'une ou l'autre toilette, ce qui explique la justesse de la remarque de Nichelle.

— Comme tes parents sont faciles à vivre, s'exclame la jeune Noire. Tu n'as pas, comme moi, des milliers de règles de conduite à observer sans cesse et partout! Comment voulez-vous être créatif dans ces conditions?

— Et tu as la chance d'habiter à Soho, avec toutes ces galeries d'art autour, renchérit Chelsie. Peut-on rêver de mieux?

— La perfection, quoi! résume Barbie. C'est parfait! ajoute-t-elle dans son français approximatif.

L'air tendu, Lara grogne entre les dents:

— Et si nous parlions d'autre chose?

— Excellente idée, affirme Tori, tout en exécutant une superbe pirouette. D'ailleurs, pour l'instant, le seul parfait dont je me soucie, c'est un parfait au café, couronné d'une montagne de crème Chantilly! C'est pourquoi je vous propose, pour terminer la soirée, de faire un petit détour par le New York Freeze.

— Va pour le New York Freeze, s'écrient les cinq autres, à l'unisson.

Il y aurait, sans nul doute, une file d'attente longue de 50 m au moins, comme toujours; le propriétaire serait probablement désagréable, voire hargneux, comme toujours... Mais on ne peut trouver de meilleure crème glacée dans tout New York: ceci compense cela!

23

— Je me demande si Troy Marcus comprend le français, murmure Chelsie, l'air songeur. Après tout, c'est la langue des amoureux... «Troy, mon amour», déclame-t-elle d'un ton théâtral. Oui, ça ne sonne pas mal du tout! Je vais lui écrire en français.

Chelsie a déjà envoyé deux lettres (en anglais) à l'acteur pour lui demander sa photo, mais n'a, à ce jour, pas reçu de réponse.

— Laisse tomber, lui conseille Nichelle, tu n'auras que des déceptions. Encore un visage creux d'Hollywood!

— Non, il est différent, j'en jurerais, fait Chelsie, avec conviction. Il s'est engagé dans la défense des sans-abri, il soutient diverses causes humanitaires... C'est vraiment mon type d'homme: beau comme un dieu ET généreux!

— C'est vrai, que peut-on demander de plus? susurre Tori d'une voix pâmée: beau, grand, intelligent, bien bâti, musclé, bronzé, élégant, généreux, merveilleux, chevaleresque, galant, charmant, cultivé, distingué...

— Tu peux toujours te moquer, lui lance Chelsie, qui, pas plus que ses amies, ne peut s'empêcher de rire. En tout cas, sache, pour ta gouverne, que j'ai proposé son nom pour être notre directeur d'un jour et qu'il est fort possible qu'il le soit!

Chapitre 2

Van Gogh à la cantine

Aujourd'hui, Lara a un cours d'algèbre en première heure. C'est une discipline pour laquelle elle n'a jamais éprouvé la moindre difficulté, les maths ayant l'avantage d'être les mêmes dans toutes les langues !

Comme elle est de toute façon première de classe, planant bien loin au-dessus des autres, elle se permet, ce matin-là, de rêvasser : que va-t-elle présenter au jury, pour le Grand Prix ? Comment combiner de façon harmonieuse peinture et photographie ? Sa toile est à présent pratiquement achevée : elle représente la statue de la Liberté, dressant sa torche sous un ciel menaçant, entourée des lueurs des bateaux agglutinés dans le port. Hier, la jeune artiste a ajouté, sur une impulsion, le visage crispé d'une petite fille, qui, accoudée à la rambarde d'un traversier, tâche d'apercevoir la célèbre statue malgré les embruns et les nuages sombres.

Ce visage d'enfant lui a été inspiré par son travail bénévole à la Maison de l'arc-en-ciel, un des refuges pour sans-abri de la grande ville. Ce refuge, l'école l'a découvert et, pour ainsi dire, adopté à la suite de la parution d'un article enflammé que Chelsie et elle ont signé dans le journal *Generation Beat*. Un élan de générosité a vu le jour, un mouvement de solidarité s'est créé : des élèves sont venus spontanément offrir leur aide, tant pour s'occuper de l'entretien du foyer que pour se charger de la récolte de vivres.

Une chose que Lara apprécie particulièrement dans l'organisation de cette aide bénévole, c'est que la directrice, Madame Johnson, ne s'inquiète absolument pas de l'âge de ses collaborateurs. Ainsi, peu lui importe que Lara (ou tout autre élève de la M.I.H.S.) n'ait que quinze ans, dès lors que l'élève se montre aussi efficace et fiable qu'un adulte. Madame Johnson distribue donc le travail, et chacun s'exécute de son mieux, qu'il s'agisse de faire les lits, de trier les dons ou encore d'éplucher les légumes pour le repas !

Cette petite fille, Lara l'a aperçue pour la première fois il y a tout juste un mois, un de ces jours gris et pluvieux où le bâtiment abritant ces familles dénuées sentait particulièrement l'humidité et le renfermé. Elle était occupée à plier des vêtements d'enfants lorsqu'elle a vu surgir du dehors une femme, maigre et fatiguée, suivie de ses quatre enfants, trois filles et un garçonnet. L'aînée, une fillette d'une dizaine d'années, portait son jeune frère sur la hanche. Tous étaient trempés et ruisselaient. Lara leur a tendu des serviettes de bain, et, pour les enfants, des jouets.

La tendresse et le dévouement avec lesquels la fillette s'est occupée du petit l'a frappée: elle l'a déshabillé, séché, frictionné, et finalement enveloppé dans les deux serviettes, sans même en garder une pour elle. Ses petites sœurs ont presque arraché les poupées des mains de Lara, pour s'empresser d'aller jouer dans le coin des enfants, mais l'aînée, elle, a secoué la tête dignement, en disant: «Je n'ai pas besoin de jouets, moi.» Puis elle s'est essoré les cheveux. Lara aurait voulu lui dire quelque chose de spécial, mais elle n'a rien trouvé, sinon un très banal: «Il fait froid dehors, n'est-ce pas? Venez vous asseoir près du chauffage.»

La fillette l'a remerciée gravement et a installé son petit frère à ses pieds, toujours emmitouflé dans les serviettes, de sorte qu'il puisse s'appuyer contre ses jambes et se reposer. Son expression était si tendre et si douce, en contemplant son jeune frère, que Lara avait l'impression d'avoir sous les yeux un tableau du Vatican qu'elle a longuement admiré du temps qu'ils vivaient à Rome. Puis, la mère est venue s'asseoir à son tour, et a serré ses enfants dans ses bras en murmurant: «Vous verrez, tout va s'arranger, nous nous en sortirons.»

Lara a alors aménagé un petit nid douillet pour toute la famille, dans un coin un peu à l'écart et bien loin de la porte, et est repartie chez elle, car il se faisait tard. Mais cette nuit-là, elle s'est tournée et retournée dans son lit sans pouvoir trouver le sommeil, si bien que, finalement, elle s'est décidée à sortir son bloc de dessin pour tracer le portrait de cette fillette, dont le regard l'obsédait.

Le lendemain, même si ce n'était pas son jour, Lara est retournée au foyer afin de voir si elle pouvait faire quelque chose pour cette mère et ses enfants, mais ils étaient partis au matin, sans laisser d'adresse...

La sonnette retentit, tirant brusquement Lara de ses rêveries. Elle se lève, plie bagages et se dirige vers la classe de Monsieur Ordway, le professeur de langues anciennes.

Pourquoi diable a-t-elle écouté son père et s'est-elle inscrite au cours de latin? Monsieur Morelli-Strauss lui a expliqué en long et en large que la connaissance du latin est indispensable, que cela l'aiderait à acquérir une meilleure maîtrise de l'italien, du français et de l'anglais, à affiner son esprit d'analyse et de logique. Il lui a donné encore mille autres excellentes raisons. Mais Lara en a par-dessus la tête de Jules César et de ses conquêtes. N'y a-t-il donc pas d'autres écrivains latins? Son père lui a mis l'eau à la bouche en lui lisant des poésies de Virgile, d'Horace et de Catulle: quand cesseront ces indigestes « Commentaires sur la guerre des Gaules »? Dieu merci, elle doit déjeuner avec Tori, ce midi: cette perspective lui évitera peut-être de mourir d'ennui d'ici là?

La cafétéria est encore à moitié vide lorsqu'elle arrive, car elle est inscrite pour le premier service, qui commence ridiculement tôt: Lara a toujours l'impression d'avoir à peine digéré son petit-déjeuner ! Elle rejoint Tori dans la file.

— Plat du jour : viande non identifiée sauce amidon, comme d'habitude, commente Tori, avec une grimace.

— Dans ce cas, je prendrai plutôt le caviar, le saumon mousseline et sa jardinière de légumes, et, comme dessert, la tarte Tatin ou la crêpe Suzette, déclare Lara, prenant sa voix la plus mondaine.

Entrant dans le jeu, Tori fait semblant d'hésiter :

— Hmmm, je crois que je vais craquer pour l'avocat aux crevettes (ou les feuilles de vigne farcies ?), le ragoût d'agneau et la mousse aux deux chocolats...

Mais la voix de Madame Morgenthau, grande maîtresse des fourneaux de la M.I.H.S, se charge bientôt de les ramener à l'indigeste réalité :

— Les amateurs du menu : pizza, pelures de pommes de terre frites et épinards, par ici !

Résignées, les deux filles tendent leurs plateaux. Madame Morgenthau les sert et ajoute, avec un clin d'œil :

— Pour le caviar, je suis désolée : notre fournisseur habituel est en rupture de stock...

Mises en joie par cette plaisanterie, les deux étudiantes attaquent leur repas de bon cœur.

— J'aimerais bien monter à la salle de rédaction avant que les cours ne reprennent, annonce Lara, entre deux bouchées.

En tant que directrice artistique de *Generation Beat,* Lara a son « bureau » dans la pièce où est élaboré le journal de l'école. Elle désire feuilleter son portefolio de photos sur les sans-abri, histoire d'y trouver, peut-être, de l'inspiration pour son projet.

— Je me dépêche et je t'accompagne, fait Tori, engloutissant prestement les dernières miettes de sa pizza. Tori, elle, est responsable de la gestion du site Internet du journal.

Une fois arrivées au septième étage, les filles se dirigent chacune vers leur table de travail. Lara s'absorbe dans son dossier sur la Maison de l'arc-en-ciel, et soudain, au moment où sonne la cloche, une idée se forme dans son esprit... Mais c'est le temps de gagner la classe de Monsieur Budge, le professeur d'histoire ! Les deux filles s'élancent dans les escaliers et dégringolent les innombrables marches à toute vitesse, jurant et pestant contre les techniciens qui promettent toujours de venir s'occuper des ascenseurs et des escaliers roulants, mais qui ne tiennent jamais parole. «Quel artiste pourrait survivre dans des conditions pareilles? pense alors Lara. Van Gogh devait-il, lui aussi, créer entre deux sonneries de cours et deux volées de marches? »

L'heure suivante est consacrée à la leçon d'esthétique, donnée par Monsieur Harris, un incurable, incorrigible distrait. Lorsque Lara pousse la porte de la classe, le professeur vient d'installer le projecteur à diapositives. La jeune fille s'assied à sa place, au premier rang, à côté de Chelsie, qui semble survoltée.

– Tu ne sais pas ? chuchote la jeune Anglaise, les yeux brillants d'excitation. Nous avons dépouillé les votes, et c'est Troy Marcus qui a gagné ! Haut la main ! Et Madame Simmons m'a donné la permission de lui écrire !

– Elle t'a autorisée à lui écrire, répète Lara, abasourdie. Est-ce possible ?

– J'ai supplié, mendié, plaidé, imploré... De la façon la plus vile et la plus servile, je l'avoue.

– Sacrée Chelsie, s'exclame Lara, pouffant de rire. Et tu as eu gain de cause...

– Parfaitement, ma chère. Or, il s'avère que Troy doit justement venir prochainement à New York pour la promotion d'un de ses films. Donc, il se pourrait bien qu'il accepte d'être notre directeur d'un jour ! Tu imagines : Troy Marcus foulant le sol de la M.I.H.S. ! J'ai hâte que les cours soient finis pour pouvoir mettre la lettre à la poste ! ajoute Chelsie à voix basse, tout en serrant convulsivement une enveloppe contre sa poitrine.

Monsieur Harris commence alors la projection : c'est une vue d'une merveilleuse cathédrale française... la tête en bas ! « Ça commence bien », soupire Lara, sentant la pizza et les pelures de pommes de terre frites se mélanger désagréablement dans son estomac.

La diapositive suivante présente l'autoportrait de Van Gogh, tourné de côté, cette fois. « Van Gogh a un petit air penché, aujourd'hui, songe la jeune fille. Au fait, je parie qu'il aurait adoré notre menu de ce midi. » Elle prend subrepticement son carnet de dessin et recopie le célèbre portrait, mais dans sa version, le peintre louche sur une montagne de pelures de pommes de terre et une pizza placées devant ses yeux... Puis Lara trace le décor, installant sans le moindre scrupule Van Gogh dans la cafétéria de la M.I.H.S. Dire qu'elle vient d'initier le grand artiste hollandais à la fabuleuse cuisine des cantines américaines, et qu'il n'est plus là pour la remercier !

Chapitre 3

Et le directeur d'un jour est...

Deux semaines plus tard, Lara est au septième ciel : son projet avance à grands pas ! La jeune artiste a décidé de réaliser trois tableaux. Le premier, monumental, représentant la statue de la Liberté, est déjà pratiquement terminé. Il ne lui reste plus qu'à apporter la dernière touche au visage de la fillette accoudée à la rambarde du traversier. Ce tableau, accroché bien au centre du mur, serait celui que les juges découvriraient de prime abord. Puis, de part et d'autre de cette œuvre principale, figureraient deux toiles de dimensions plus modestes ; l'une serait consacrée à l'extérieur, l'autre à l'intérieur de la Maison de l'arc-en-ciel.

C'est sur ces deux toiles que Lara épinglerait ses photographies représentant, d'une part, les bâtiments, d'autre part, les habitants du foyer pour sans-abri. Tout l'art serait de peindre autour des photos pour réussir à les intégrer naturellement aux tableaux, de sorte que les deux techniques se complètent et se fondent intimement, et que le passage de l'une à l'autre soit imperceptible. Lara n'a encore jamais rien fait de semblable, mais elle n'est pas à un défi près !

Photographier les pensionnaires de la Maison de l'arc-en-ciel, tout en ménageant leur dignité, a exigé de Lara tout le tact et toute la délicatesse du monde. Elle a, bien sûr, commencé par solliciter la permission de chacun, mais tous n'ont pas accueilli sa timide demande avec bonne grâce, loin s'en faut. Ainsi, certains se sont montrés offensés, ont réagi de manière agressive, l'accusant de ne voir en eux qu'un sujet d'étude, de ne pas s'intéresser réellement à leur sort. La jeune fille en a été profondément troublée, au point de remettre en question tant son projet pictural que son engagement dans le foyer. N'a-t-elle pour seul but d'utiliser ces gens à des fins artistiques ? Est-ce pour cela qu'elle vient, jour après jour, à la Maison de l'arc-en-ciel ? Son désir d'être sélectionnée pour le Grand Prix l'a-t-il amenée à être insensible à la détresse de ces hommes et de ces femmes ?

C'est Barbie qui a remis les pendules à l'heure, une fois où elles faisaient la vaisselle ensemble au foyer et où Lara n'a pu s'empêcher de lui faire part de ses doutes.

— Voyons, Lara, l'a-t-elle sermonnée, cesse de te torturer ainsi ! Ton travail est utile et bénéfique, crois-moi : tous ceux qui verront ces toiles prendront enfin conscience de l'existence d'endroits comme celui-ci. Si tu peux ouvrir les yeux ne serait-ce qu'à une personne, cela aura valu la peine de le faire.

Et c'est ainsi que Lara s'est remise à la tâche, avec plus d'ardeur que jamais. Elle s'étonne elle-même des résultats obtenus : les visages fixés sur la pellicule semblent n'avoir jamais eu d'autre vocation que d'imposer leur présence et leur existence sur ses toiles.

La pause de midi va s'achever. La jeune fille rince tranquillement ses pinceaux, quand Chelsie fait une apparition aussi subite que rayonnante :

— Tu ne devineras jamais ! s'exclame-t-elle d'une voix extatique.

— Troy Marcus ? hasarde Lara, se rappelant la dernière fois où elle a vu Chelsie avec cette expression exaltée.

— Ouiiiii ! Il a accepté ! Il vient ! Il sera notre directeur d'un jour !

Et la jeune Anglaise saute de joie dans toute la pièce, folle d'excitation.

— Pas possible, fait Lara, incrédule.

— Si, ma chère ! Parfaitement ! Tralala lala... Monsieur Merlin l'annoncera officiellement cet après-midi, mais je ne pouvais plus attendre : il fallait que je le dise à quelqu'un ! Maintenant, je cours prévenir Barbie !

— Au fait, Chelsie, que penses-tu de mon tableau ?

Mais cette question reste sans réponse : Chelsie a déjà disparu !

Lorsque, plus tard dans la journée, les haut-parleurs se mettent à gronder et à craquer, signe d'une communication imminente, tout le monde est déjà au courant : la nouvelle s'est répandue comme une traînée de poudre, et chacun se demande si elle va être confirmée ou, au contraire, infirmée... La voix de Monsieur Merlin, légèrement déformée, s'élève alors dans toute l'école :

— Votre attention, s'il vous plaît... Nous avons une information importante à vous communiquer. Comme vous vous en doutez peut-être, elle concerne la nomination de notre directeur d'un jour...

Et la voix s'arrête un bref instant, comme pour ménager ses effets.

— Nous avons les résultats du vote... Un homme a été choisi... Cet homme a accepté votre invitation... Cet homme, c'est...

À ce point, le sous-directeur semble juger bon de respirer profondément. Le suspense est à son comble, les yeux des élèves restent pendus aux haut-parleurs, comme si le Messie devait en sortir ! Vont-ils faire défaut en ce moment capital, comme c'est souvent le cas ? Non, les haut-parleurs capricieux se montrent dociles et coopératifs, pour une fois...

— Cet homme, c'est Troy Marcus, qui nous fera l'honneur d'être le directeur d'un jour de la M.I.H.S. !

Et, chose extraordinaire, la voix de Monsieur Merlin, ordinairement posée et placide, vibre d'excitation. Une immense acclamation salue ces paroles. Du premier au septième étage de l'école, ce ne sont qu'applaudissements, explosions de joie et félicitations ! Lorsque la sonnerie annonçant la fin du cours retentit, tous les élèves se dirigent spontanément vers le grand hall comme pour communier ensemble dans la bonne nouvelle. Lara, Barbie et les autres y retrouvent Chelsie, qu'elles étouffent presque sous leurs accolades.

— C'est la gloire, Chelsie! s'écrie Lara. Toutes les chaînes de télé seront là pour filmer l'événement! Grâce à toi, notre école sera propulsée sous les feux de la rampe!

Barbie s'apprête, elle aussi, à féliciter chaleureusement l'héroïne du jour, quand Madame Simmons et Monsieur Merlin s'approchent du petit groupe.

— Nous avons reçu ceci pour vous, Chelsie, dit la directrice avec un large sourire. Et elle tend un bouquet de roses à la jeune fille. Elles nous ont été apportées par courrier spécial.

— Des roses, s'écrie Chelsie, d'une voix émue. Elles sont ravissantes!

— Une carte les accompagne, souligne Lara. Vite, Chelsie, ouvre l'enveloppe!

Et la jeune Anglaise, éperdue de bonheur, découvre ces mots incroyables: «*Pour la plus charmante de mes admiratrices, avec tout mon amour, Troy*».

Toutes les filles se mettent à crier, en transe, tandis que Chelsie murmure, les larmes aux yeux: .

— Il m'a répondu! Je savais qu'il me répondrait! Et il m'a envoyé des roses! C'est le plus beau jour de ma vie!

Les étudiants et les étudiantes n'étaient pas au bout de leurs surprises... En fin d'après-midi, en effet, on entend un bourdonnement résonner dans toute l'école : ce sont les techniciens qui s'emploient à faire fonctionner les ascenseurs et les escaliers roulants ! Monsieur Pugachov, dit familièrement Poogy, le concierge, les harangue en ces termes :

– Tout doit être en état de marche d'ici quinze jours ! Je ne veux plus entendre parler d'ascenseurs en panne, de portes qui grincent, de robinets qui fuient, de fontaines à sec... Tout, vous m'entendez, tout doit être impeccable pour la visite de Troy Marcus, martèle-t-il d'une voix véhémente.

Lara note machinalement que Poogy a oublié de mentionner les haut-parleurs défectueux. « Bah, pense-t-elle, tout vient à point à qui sait attendre. » Troy Marcus a accepté d'être le directeur d'un jour ; son projet prend bonne tournure ; les escaliers roulants vont fonctionner... Peut-on exiger plus de trois miracles en un jour ?

Chapitre 4

De la tension dans l'air

S'il lui arrive de penser à sa vie à Paris avec nostalgie, Lara n'en jouit pas moins de tout ce que New York a à lui offrir. Soho, en particulier, avec ses innombrables galeries – toutes à la fine pointe de l'art contemporain, caractérisé par sa recherche et ses emprunts aux arts ethniques de tous les pays du monde –, est véritablement son terrain d'élection : la jeune fille s'y sent parfois comme un enfant lâché dans une gigantesque confiserie, face à un choix de friandises illimité !

Dans l'appartement, son père a installé pour elle une vaste mezzanine, où elle peut peindre à loisir et même dormir, si tel est son bon plaisir. En effet, à côté de son chevalet et de son matériel de peinture, Lara s'est aménagé un petit coin plus intime, avec un matelas pneumatique et quelques coussins ; séparant ces deux pôles d'activité, une corde à linge court sur toute la largeur de la mezzanine, corde à laquelle la jeune fille accroche ses photos en noir et blanc en cours de développement.

Pour parvenir à sa « tanière », merveilleusement illuminée par une fenêtre située plein sud, Lara doit gravir une petite échelle en bois un peu branlante, ce qu'elle ne manque pas de faire un millier de fois par jour, vu qu'elle oublie systématiquement quelque chose en bas ! « Mon entraînement quotidien », soupire-t-elle parfois avec résignation.

Cet après-midi-là, comme Lara s'apprête à apporter des retouches à sa toile, elle est arrêtée dans son mouvement : où diable a-t-elle mis ses nouveaux tubes de peinture ? Elle est sûre et certaine de les avoir ramenés de l'école ! Ce n'est qu'après avoir fouillé de fond en comble la mezzanine qu'elle se souvient de les avoir laissés dans son sac à dos, au pied de l'échelle... En un clin d'œil, elle est en bas. Un bruit de querelle lui parvient alors aux oreilles : elle s'immobilise, consternée. Bien que ses parents ne soient pas à côté d'elle, du fait de la disposition particulière de l'appartement, de l'endroit où elle se trouve, elle entend aussi bien que s'ils étaient à côté d'elle. D'un geste brusque, elle arrache le sac et remonte précipitamment. Mais le son porte, là aussi. Lara sent la nausée l'envahir : elle s'assied sur le plancher, au bord de la mezzanine, les pieds ballants dans le vide. Ses parents la croient-ils sourde, ou insensible ? Pourquoi la condamnent-ils à entendre ces discussions qui auraient dû rester privées? Oh, le thème n'en est pas nouveau, mais cette fois, Madame Morelli-Strauss semble être à bout de patience.

– J'en ai assez, assez! Ton attitude me rend folle, Friedrich! Voilà des semaines que tu t'enfermes dans ton bureau, le nez dans tes bouquins, et que tu ne nous regardes même plus, Lara et moi. J'ai besoin de toi, moi; ta fille aussi a besoin de toi!

De fait, Monsieur Morelli-Strauss a été encore plus absorbé que d'habitude, ce dernier mois. C'est un homme d'une rigueur et d'un perfectionnisme extrêmes. Or, une très sérieuse revue littéraire en langue allemande vient de lui demander une importante contribution : comme les délais sont assez serrés, il a passé toutes ses heures libres à concevoir, rédiger, corriger, raturer et peaufiner son article, qui n'est pas encore achevé. Le plus ennuyeux de tout, aux yeux de Lara, est que, quand il travaille ainsi, son père exige le silence absolu...

La nuit passée, la jeune fille a été réveillée par un bruit sourd dans l'appartement, bien après minuit. Elle s'est levée doucement et a descendu les barreaux de l'échelle, serrant une torche électrique miniature entre les dents. C'était son père, qui, assis à la grande table de la salle à manger, parcourait vivement les pages d'un livre. Ses lunettes lui glissaient sur le nez.

– C'est toi, papa! a-t-elle soufflé avec un soupir de soulagement. Je croyais que c'était un voleur!

– Mais non, *liebchen,* a-t-il dit avec un sourire las, ce

n'est que ton vieux papa, à la recherche d'un peu de calme et de tranquillité. Je t'ai réveillée en laissant tomber un livre ; j'en suis désolé. Retourne au lit, chérie, sinon tu seras fatiguée.

— Toi aussi, papa ! Comment donneras-tu ton cours, demain ?

— À moitié endormi, comme d'habitude. Je travaille à mes livres la nuit et je dors au cours, tout comme mes étudiants...

Lara a pouffé de rire : elle savait pertinemment qu'il n'en était rien et que les étudiants se pressent pour avoir le privilège d'assister à ses cours.

Elle a alors été faire un chocolat chaud qu'ils ont bu ensemble, et puis elle est retournée au lit.

Mais aujourd'hui, en entendant ses parents se disputer, la jeune fille remarque, pour la première fois, combien son père a l'air épuisé. A-t-il veillé toutes les nuits de cette semaine, et, qui sait, celles des semaines précédentes aussi ? Peut-être vaut-il mieux ne pas inviter ses amies pour quelque temps...

— J'ai un délai à respecter, Lucia, dit Monsieur Morelli-Strauss dans son anglais fortement guttural. Or, il me faut encore vérifier les notes de bas de page. Tout doit être parfait. J'en serais malade si on y trouvait des erreurs et je...

— Bref, l'interrompt Madame Morelli-Strauss, tes délais sont plus importants que nous.

Comment aurait-elle pu comprendre ? Lara ne se souvient pas d'avoir jamais entendu sa mère parler de délai, et encore moins s'en soucier ! Ses parents sont si différents ! Comment ont-ils pu tomber amoureux l'un de l'autre ? C'est l'art qui les a rapprochés, explique toujours Madame Morelli-Strauss en riant. C'était l'époque où sa mère était étudiante à la Sorbonne, à Paris, et son père, tout jeune assistant au département de littérature : au cours d'une visite au musée du Louvre, tandis qu'ils s'absorbaient tous deux dans la contemplation de la sublime Joconde, Monsieur Morelli-Strauss a échappé son guide, qui est tombé sur le pied de sa voisine. Rouge de confusion et désireux de se faire pardonner, le jeune homme a invité sa « victime » à la cafétéria. Trois mois plus tard, ils étaient mariés ! « L'amour est aveugle », dit le proverbe. Lara suppose qu'en effet, l'amour les a aveuglés au point qu'ils ne se sont pas aperçus de leur profonde et irrémédiable incompatibilité... Car l'évidence s'impose : ils n'ont rien en commun !

En bas, Madame Morelli-Strauss continue de crier :

— Oh, toi et tes livres ! Je me demande parfois si tu ne les aimes pas plus que nous !

— Voyons, Lucia, ne dis pas de sottises ! Ce n'est pas vrai, tu le sais bien.

Monsieur Morelli-Strauss a répondu de sa voix posée, comme s'il s'adressait à une enfant déraisonnable.

— Au fait, veux-tu avoir la gentillesse de me passer ce livre, là, sur le buffet ?

Lara se prend la tête entre les mains : comment son

père peut-il manquer d'à-propos et de tact à ce point ? Aurait-il agi à dessein, pour aiguillonner sa femme, qu'il ne s'y serait pas pris autrement ! Ce n'est pas qu'il n'a pas entendu les reproches de sa femme et qu'il n'en tiendra pas compte : Lara sait qu'il aurait parlé sur le même ton si la maison avait été en feu ! Mais il vit dans son monde de lettré. Madame Morelli-Strauss voit rouge... Exaspérée, elle lui lance :

— Friedrich, tu n'as rien écouté de ce que je t'ai dit ! Je suis rentrée tôt aujourd'hui, pour que nous puissions partager un repas, tous ensemble, agréablement. Et toi, tu me parles de tes notes de bas de page ! Eh bien, tant pis, reste dans ton antre ; j'emmène Lara au restaurant. (La voix de Madame Morelli-Strauss s'adoucit un peu) Faut-il te rapporter quelque chose ? Tu oublies toujours de manger quand tu travailles...

— Non, merci. Je me ferai réchauffer un reste d'*apfelstrudel*. Ne t'inquiète pas, Lucia, je mangerai, c'est promis.

— Hmmm, fait-elle, sceptique.

Lara respire profondément : allons, la querelle semble s'être apaisée. Pour l'instant, en tout cas. La jeune fille ne serait pas mécontente de s'interrompre pour dîner, histoire de se donner un moment de réflexion et de recul. Ces jours-ci, elle a l'impression de piétiner un peu : son projet n'avance pas comme elle l'aurait voulu. D'ailleurs, se serait-elle souciée une seule seconde de nourriture, si son projet avait avancé correctement ? Peut-être ressemble-t-elle à son père, après tout ?

Une fois dehors, Lara et sa maman hèlent un taxi, qui les emmène à leur destination, le Stage Deli. Lara pousse la lourde porte vitrée du restaurant, et la serveuse les mène à une table libre, au fond. Elles commandent pour chacune un gigantesque sandwich au corned-beef. «Quel dommage que papa ne soit pas là, pense la jeune fille, il les aime tant!» Au même moment, Madame Morelli-Strauss ajoute:

— Vous en préparerez un autre pour mon mari, si vous voulez bien, mademoiselle. Nous l'emporterons.

Sans même s'en rendre compte, Lara pousse un soupir de soulagement.

— Écoute, Lara... Madame Morelli-Strauss prend soudain un ton sérieux, et elle parle en italien plutôt qu'en anglais, comme chaque fois qu'elle veut aborder un sujet délicat. Je sais que tu as été bien souvent seule, ces derniers temps, *carina*.

De fait, les absences de sa mère ont été plus fréquentes et plus longues qu'à l'ordinaire. Et, avec l'article de son père, en plus, la jeune fille s'est un peu retrouvée livrée à elle-même.

— Ce n'est rien, maman, fait Lara, d'une voix apaisante. J'imagine qu'avec la nouvelle collection, tu as beaucoup d'ouvrage. Ne t'en fais pas: j'ai été passablement occupée, moi aussi, et de toute façon, je me débrouille.

Un bref instant, la jeune fille croit voir briller des larmes dans les yeux de sa mère. Elle se fait des idées, sans doute. Madame Morelli-Strauss serre la main de sa fille:

— *Come sei bella, carina!* Comme tu es devenue belle, chérie, et si raisonnable. Ma grande fille !

Elle se mouche le nez et continue :

— Quoi qu'il arrive, chérie, papa et moi, nous serons toujours là pour toi... Toujours !

— Je le sais bien, maman, répond Lara, surprise.

Pourquoi Madame Morelli-Strauss éprouve-t-elle le besoin d'énoncer des évidences ? Bien sûr que son père et sa mère seront toujours là pour elle ! Les parents sont les parents !

— Retourne tranquillement travailler à ta collection, maman, reprend Lara. Tout va bien.

Madame Morelli-Strauss paraît soulagée.

— Je serai de retour à 21 h maximum, promet-elle. Ainsi, si tu as besoin d'aide pour tes devoirs ou tes leçons, tu n'auras qu'à m'appeler.

La jeune fille ouvre de grands yeux : cela fait des années qu'elle étudie seule. La dernière fois que sa mère a fourré son nez dans un de ses cahiers, elle était encore gamine et portait des salopettes !

— Ne te dépêche pas, m'man : je vais au cinéma avec Barbie, Chelsie et Ana. Rappelle-toi : je t'ai demandé la permission avant-hier !

Chelsie a émis le désir de revoir le film avec Troy Marcus pour fêter la venue de son idole...

— Oui, c'est vrai, marmonne Madame Morelli-Strauss, qui, visiblement, a oublié. Amuse-toi bien, chérie. Et n'oublie pas que je t'aime beaucoup, beaucoup, ajoute-t-elle en la serrant à l'étouffer dans ses bras.

— Moi aussi, maman, je t'aime. Je donnerai son sandwich à papa avant de partir.

Une fois arrivée à l'appartement, Lara déballe le sandwich et le pose sur une assiette garnie de feuilles de laitue. Elle prépare du thé et met le tout sur un plateau. Monsieur Morelli-Strauss aime que les choses soient faites dans les règles de l'art!

La jeune fille frappe rapidement à la porte, puis pénètre dans le bureau. Son père rêvasse, les yeux dans le vide. Bien évidemment, il n'y avait pas la moindre trace d'*apfelstrudel*.

— Le plateau de Monsieur est avancé, claironne-t-elle.

Monsieur Morelli-Strauss sursaute:

— Lara! Tu m'as fait peur, *liebchen*!

— Tu dois manger, papa! Regarde, nous t'avons ramené un sandwich au corned-beef, avec des cornichons. Je suis sûre que tu as faim!

— Tu es bien gentille de penser à ton vieux papa, Lara. Ta maman est-elle là?

— Non, nous nous sommes quittées au restaurant: elle désirait passer à l'atelier. Comment va ton article, papa? Presque fini?

— Hélas, non, dit-il en grinçant des dents: il est au point mort. Ces derniers temps, je n'arrive plus à me concentrer: je reste là, à fixer bêtement l'écran de mon ordinateur... C'est enrageant!

Et, de frustration, il jette un livre au sol.

— C'est comme moi, soupire Lara, je n'ai fait que

47

gaspiller mes couleurs, aujourd'hui. Il y a des jours, comme ça...

— Tu as raison, chérie. Sans doute devrions-nous nous arrêter un peu et souffler. As-tu des projets pour ce soir ? Et si nous allions manger une bonne petite glace, tous les deux ? Cela te dirait ?

— *Ja,* papa !

Cette réponse fait rire Monsieur Morelli-Strauss. L'espace d'un instant, il semble plus détendu, et Lara a l'impression de retrouver le père complice de son enfance. Allons, papa travaille trop en ce moment ; lorsque l'article serait expédié, tout rentrera dans l'ordre.

Drrring ! Lara regarde sa montre.

— Oh ! Ce doit être Barbie et les autres, s'exclame-t-elle. Nous allons au cinéma ce soir, mais nous avons bien le temps d'aller manger notre petite glace avant... du moins si tu n'as pas peur de te retrouver en bonne compagnie, ajoute Lara avec un sourire malicieux.

— Très peu pour moi, merci ! Tu me vois, trônant au milieu de toutes ces adolescentes ? Je crois, tout compte fait, que je vais rester ici, bien au calme, en tête-à-tête avec mon sandwich. Avec un peu de chance, je réussirai même à terminer mon article. Passe une bonne soirée, *liebchen* ! Au moins, un de nous se plaît à New York, ajoute-t-il avec un soupçon d'amertume.

— Mais nous irons chez le glacier demain, n'est-ce pas, papa ?

La sonnerie retentit une seconde fois. Monsieur

Morelli-Strauss rit à nouveau, puis agite la main :

– Au revoir, chérie. Dis bonjour à tes Américaines farfelues de ma part. (Monsieur Morelli-Strauss ne parvient jamais à retenir le nom de ses amies.) Sois rentrée pour 22 h !

– 22 h ! proteste Lara. Mais maman m'a dit que je pouvais rester jusqu'à 23 h !

– Mmm, disons 22 h 30, alors. Mais la prochaine fois, c'est à moi que tu t'adresseras, Lara. Ta mère est trop faible !

– D'accord, papa. Bon, je file. Bisou !

La jeune fille dévale l'escalier pour retrouver ses amies. Elle se sent troublée : est-ce le corned-beef ou autre chose ? Papa est-il heureux ? Et pourquoi maman se comporte-t-elle de façon si étrange, ces derniers temps ? Tous les parents sont-ils aussi compliqués ?

Chapitre 5

Et vive le chocolat!

Ce matin-là, Lara laisse tomber son sac à dos sur son pupitre avec une telle violence, qu'il s'ouvre et que son étui à crayons est projeté en l'air, avec les retombées que l'on devine. Tout va mal, aujourd'hui! D'abord, elle a été révcillée par une discussion véhémente opposant, une fois de plus, ses parents. Certes, ils ont baissé le ton dès qu'ils ont entendu la sonnerie de son réveil, mais, au lieu de rassurer la jeune fille, cela n'a fait que l'inquiéter davantage. Et, dès qu'elle a mis les pieds dans la cuisine, ils ont affecté de parler gaiement, comme ils le font depuis quelque temps. Cette mise en scène bouleverse Lara: quelle sorte de dispute est-ce donc, qu'ils éprouvent maintenant le besoin de se cacher d'elle?

Ensuite, elle a raté le métro et est arrivée si tard à l'école qu'elle a dû s'arrêter chez Monsieur Merlin pour lui demander un billet d'admission. Et comme le sous-directeur est un bavard impénitent, cela a traîné en longueur, tant et si bien qu'elle a manqué la moitié du cours d'algèbre.

Enfin, Monsieur Spool, le professeur, a pris son ton le plus sarcastique pour la remercier de lui faire l'honneur d'assister à son cours, même avec une demi-heure de retard!

Dire qu'elle a dit à Chelsie que l'algèbre est sa matière préférée! D'ordinaire, en effet, elle apprécie l'humour de Monsieur Spool, sa manière d'enseigner, les expéditions nocturnes qu'il organise pour leur apprendre les rudiments d'astronomie. Mais aujourd'hui, tant l'intérêt que la concentration font défaut à la jeune fille...

Justement, le professeur vient de l'appeler sur l'estrade. En temps normal, elle aurait résolu l'équation sans peine. Mais là, elle reste à fixer le tableau, comme paralysée, au point que Monsieur Spool s'approche d'elle, l'air soucieux, et lui souffle à l'oreille:

— Tout va bien, Lara?

La jeune fille tressaille: elle n'a encore jamais laissé les querelles de ses parents la perturber dans son travail scolaire, et ce n'est pas aujourd'hui qu'elle commencera! Elle se reprend, gribouille la réponse finale, sans prendre la peine de noter les étapes intermédiaires, et répond, d'une voix absente:

— Excusez-moi, Monsieur, j'ai mal à la tête, c'est tout.

Après tout, ce n'est pas véritablement un mensonge,

car elle sent une pointe de migraine tapie au fond de son crâne...

De retour à son banc, Lara ouvre son cahier et s'absorbe dans ses exercices : au moins, les nombres ne tentent pas de lui dissimuler quelque chose ; ils restent familiers, fiables et immuables.

À la fin du cours, Lara se lève, comme dans un brouillard, et se rend à la classe de latin. En chemin, elle aperçoit de grandes affiches de Troy Marcus qui tapissent les couloirs. Elle essaie de retrouver un peu de l'excitation première qu'elle a éprouvée à la nouvelle de la nomination de l'acteur, mais en vain. Elle ne ressent qu'indifférence et détachement.

Le cours de latin n'est pas fait pour lui remonter le moral : César sévit toujours, et pour longtemps, semble-t-il. Quand vont-ils aborder la poésie et la philosophie ? Elle se consolera à sa manière... De Munich, sa grand-mère lui a fait parvenir un colis rempli de sucreries et, en particulier, de délicieux chocolats suisses !

Dès que Monsieur Ordway a le dos tourné, Lara plonge la main dans son sac et en sort subrepticement une solide plaque de chocolat, qu'elle fourre dans son pupitre. Elle dégage la friandise précautionneusement, prenant soin de ne pas faire bruisser le feuillet d'aluminium, et hop ! y mord à pleines dents ! Bien évidemment, Monsieur Ordway choisit ce moment pour l'interroger. Il y a des jours, comme ça...

Lorsque la sonnerie retentit, Lara bondit de sa chaise comme un diable hors de sa boîte à malice et part à la recherche de Tori. Elle n'a pas à aller bien loin : son amie est à la porte de la classe de latin et subit une réprimande de Monsieur Merlin. L'objet du litige, une planche à roulettes ornée d'un superbe drapeau australien autocollant, se trouve sous le bras du sous-directeur.

— Confisquée ! gronde-t-il, d'une voix qu'il essaie de rendre sévère. Arpenter les couloirs de l'école sur une planche à roulettes ! Mais où avez-vous la tête, Tori ?

— Bien à sa place, entre ses deux oreilles, m'sieur, a répondu Tori, avec son aplomb habituel. Si vous saviez comme c'est pratique pour remonter les files lorsqu'il y a des embouteillages entre les locaux, je suis sûre que vous adopteriez ce moyen de locomotion, vous aussi !

— Mmmm, fait le sous-directeur, qui tâche tant bien que mal de réprimer son amusement. En tout cas, j'espère qu'il ne vous viendra pas à l'idée de dépasser Troy Marcus, lorsqu'il viendra dans quelques jours, avec votre engin diabolique ! Allez, reprenez-le, et faites-le disparaître d'ici là !

« Pour un sous-directeur, Monsieur Merlin est vraiment un chic type, toujours indulgent, toujours compréhensif », ne peut s'empêcher de penser Lara, qui a suivi l'échange. Elle fait un pas en avant.

— Tiens, bonjour, Lara, dit Monsieur Merlin. Tâchez de mettre un peu de jugeote dans la cervelle de votre amie, qu'elle ne vienne pas heurter notre directeur d'un jour avec son bolide, si c'est possible !

Et, après cette dernière remarque, Monsieur Merlin s'éloigne. Tori pouffe de rire :

— Sauvée des eaux ! s'exclame-t-elle. C'est sympa d'être venue à la rescousse.

Rien qu'à voir la mine réjouie de son amie, rien qu'à entendre sa voix moqueuse, Lara se sent déjà mieux. Une envie impérieuse de taquiner la jeune Australienne la prend soudain :

— Quel dommage que tu n'aimes pas les sucreries, Tori : ma grand-mère vient de m'en faire parvenir une caisse entière, que j'aurais eu plaisir à partager avec toi...

— Une caisse entière de sucreries, répète Tori, d'une voix respectueuse. Bingoooo !

Arrivées à la cafétéria, les deux amies commencent le tri :

— Des truffes au chocolat, s'écrie Tori, l'air extasié. Hmmmm ! Ta grand-mère est un amour ! Moi, le chocolat, on ne m'en envoie que pour mon anniversaire... Et débité au compte-gouttes, encore ! Cela me rappelle la scène que ma mère a faite à mon père la fois où il a oublié leur anniversaire de mariage, ajoute Tori en s'esclaffant. Quelle pétarade, mes aïeux ! Un kilo de morceaux de chocolat qu'il a dû lui offrir pour se faire pardonner !

— Tes parents... se disputent parfois ? demande Lara d'une voix hésitante.

– Sûr, répond Tori, avec un grand sourire. Et pourtant, Dieu sait s'ils s'adorent, ces deux-là : ils ne pourraient se passer l'un de l'autre ! Comme deux pièces d'un puzzle qu'ils sont même quand ils se chamaillent ! Et chez toi ? C'est la même chose ?

Maintenant que Lara sait que les parents de Tori se querellent aussi, elle se sent un peu rassérénée.

– Plus ou moins, fait-elle avec une feinte insouciance. Mais je crois qu'il ne faut pas y accorder trop d'importance.

– Bien parlé, l'approuve Tori avec conviction. Et comment va ton projet ?

– Presque fini ! Plus que la touche finale et je le soumets au jury...

– Wow ! commente la jeune Australienne avec un claquement de langue admiratif. Et que feras-tu de tout cet argent ? (Chantonnant.) Cinq mille dollars, c'est pas peu dire...

– Encore faudrait-il que je gagne ! Songe qu'à côté des amateurs, comme moi, il y a des professionnels qui se présentent ! lui rappelle Lara.

– Bah, c'est toi la meilleure, de toute façon ! réplique Tori d'un ton péremptoire. Où se déroule la « compétition », au fait ?

– Figure-toi qu'ils sont en train de dégager une salle, au Metropolitan Museum, pour accueillir les finalistes !

Tori siffle longuement, dûment impressionnée :

– Le Metropolitan ! On ne se refuse rien, ma parole ! Oh, Lara, tu imagines : tes tableaux exposés dans le musée le plus réputé de New York! Quelle fierté pour tes parents!

Lara hoche vaguement la tête. Pourquoi a-t-il fallu que Tori mentionne ses parents? Elle se retrouve à la case départ, face aux pensées qu'elle a tâché de tenir à distance toute la journée... Le père et la mère de Tori sont comme deux pièces d'un puzzle, a dit la jeune Australienne, même lorsqu'ils se chamaillent. Et ses parents à elle, Lara? «Comme les pièces de deux puzzles tout à fait différents, même lorsqu'ils ne se chamaillent pas!» marmonne-t-elle avec un sourire amer.

Après le repas, les deux amies se dirigent vers le cinquième étage, pour déposer leurs livres dans leurs casiers. Au passage, elles vérifient s'il n'y a pas une missive sous la dalle descellée qui leur sert de «messagerie» secrète depuis le jour où une d'elles a découvert cette faille, durant la première semaine de la rentrée. Une feuille mauve — la couleur de guerre de Nichelle — s'y trouve, portant le nom de Lara. La jeune fille la déplie et se déride en lisant ces mots:

Salut à toi, ô grande déesse du pinceau (pense à moi quand tu seras riche et célèbre, au fait)!

Tu te fais rare, ces derniers temps! Si tu voulais bien déposer ta chère palette l'espace d'un instant et t'abaisser à boire un verre avec l'humble profane que je suis, un de ces soirs, rien ne me ferait plus plaisir! Fais-moi signe. Nichelle

P.-S.: T'ai-je dit que Chelsie a réussi à me persuader de faire partie du comité d'accueil de Troy Marcus et que

cette affaire commence à tourner à l'hystérie collective ?
Voilà, tu es au courant, maintenant !

Lara sort bien vite une feuille de son bloc de correspondance, esquisse l'en-tête du Ritz et écrit sa réponse :

Bien chère Nichelle,

Aucun sacrifice n'est trop beau pour toi : je déposerai donc ma palette et te retrouverai demain à 15 h devant l'entrée principale. Ciao, *Lara*

P.-S. : J'aimerais avoir ton avis sur mes barbouillages avant de les présenter au jury.

Le jeune fille plie le feuillet en quatre, y inscrit le nom de Nichelle et le glisse sous la dalle. Le courrier électronique est sans nul doute plus rapide, mais le système « dalle » est bien plus amusant ! En outre, cela rend la montée jusqu'au cinquième plus supportable, dès lors qu'on a l'espoir d'y trouver un message !

Le reste de l'après-midi se déroule aussi mal que la matinée, hélas ! Barbie doit répéter une question trois fois avant que Lara ne l'entende. Elle essaie bien de plaisanter en disant qu'elle a abusé du chocolat, mais le cœur n'y est pas, à vrai dire. Peu après, elle doit recourir à la même excuse auprès de Mademoiselle Gortney, le professeur de physique, après avoir raté son expérience pour la troisième fois...

Sitôt la fin des cours, la jeune fille se rue dehors, s'engouffre dans le métro et prend la résolution d'oublier cette journée catastrophique.

Chapitre 6

La fin du monde...

En sortant de la station de métro, Lara se sent déjà mieux. Ses parents vont sûrement oublier leurs dissensions, et les choses rentreront dans l'ordre. Comme elle l'a dit à Tori, pour mieux s'en persuader elle-même, il ne faut pas y accorder trop d'importance et tout se passera bien.

Arrivée à l'appartement, elle sort sa clé et ouvrc la porte : on n'entend pas de voix. Soulagée d'être seule, elle s'avance vers la cuisine. Ses parents sont à table et semblent l'attendre. Aucun d'eux ne parle d'abord, puis ils prennent la parole en même temps :

– *Liebchen*, nous t'attendions. Nous désirons te parler...

– Lara, ma chérie, enfin te voici de retour...

Tous deux s'interrompent brusquement, se regardent, puis se tournent à nouveau vers Lara, l'air embarrassé.

— Qu'est-ce qui va encore me tomber dessus ? pense-t-elle, avant de réaliser qu'elle a parlé tout haut.

Madame Morelli-Strauss tousse un peu pour s'éclaircir la voix :

— Comme tu t'en es sans doute rendu compte, ton papa et moi... traversons une période difficile...

— Mais cela n'a rien à voir avec toi, *liebchen,* l'interrompt vivement Monsieur Morelli-Strauss. Nous t'aimons tendrement, tous les deux.

— C'est seulement que ton père et moi sommes si différents... Alors, voilà... Comment dois-je lui annoncer, Friedrich ? (Madame Morelli-Strauss regarde son mari, l'air implorant.)

— Comment le saurais-je, Lucia, répond son mari, d'une voix lasse. Il soupire lourdement : assieds-toi, Lara...

— Non, je ne veux pas ! crie Lara.

C'est la première fois qu'elle s'adresse à son père sur ce ton : elle en est elle-même choquée. Mais, de tout son être, elle se refuse à entendre ce qui va venir immanquablement... Elle aurait voulu fuir, loin, très loin de la réalité.

Son père ne se fâche pas, cependant : il se contente de tapoter le siège à côté de lui. Lara s'y affale, malade d'angoisse. Madame Morelli-Strauss lui prend la main et la garde dans la sienne.

— Ton père et moi avons décidé de vivre séparément pour nous donner le temps de réfléchir, *carina.*

Ce que Lara a redouté, au fond d'elle-même, arrive ! Tout s'effondre autour d'elle !

— Mais... mais... C'est tout ce qu'elle pouvait dire. Les larmes et l'émotion l'étranglent.

Monsieur Morelli-Strauss l'entoure de ses bras et murmure d'une voix apaisante :

— Je ne serai pas loin, *liebchen* : j'habiterai dans les bâtiments de l'université.

— Alors, tu nous quittes ? Tu t'en vas ? Je ne veux pas que tu partes ! hurle la jeune fille. C'est à cause de maman ? C'est elle ? Comment pouvez-vous me faire ça ?

— C'est... plus facile... avec les logements de l'université tout près, bredouille papa, l'air profondément malheureux.

— Plus facile pour qui ? proteste la jeune fille. Pas pour moi, en tout cas ! (Elle se lève.) Vous vous moquez bien de ce que je ressens ! Ça vous est bien égal !

— Lara ! s'écrie sa mère. Ce n'est pas vrai, tu le sais bien. Nous t'aimons plus que tout !

Mais la jeune fille n'écoute déjà plus :

— Puisque c'est à l'ordre du jour, moi aussi, je pars !

Elle saisit ses clés et se précipite dans les escaliers. Monsieur et Madame Morelli-Strauss restent un instant interdits, comme paralysés. Le temps qu'ils reprennent leurs esprits et qu'ils réagissent, Lara a déjà franchi la porte de l'immeuble.

« Ils sont sans doute sur mes talons, pense la jeune fille, le cœur battant. À quoi bon courir ? Ils m'auront rattrapée avant que je n'atteigne la station de métro. »

Mais, comme dans un film, un taxi choisit ce moment précis pour s'arrêter à sa hauteur. Sans prendre le temps de réfléchir, elle lève le bras et s'engouffre dans le véhicule. Elle n'a encore jamais pris un taxi sans ses parents.

– C'est pour où, ma p'tite demoiselle ? demande le chauffeur, qui semble ne s'étonner de rien.

– La Manhattan International High School, le plus vite possible, s'il vous plaît ! répond-elle à travers ses larmes.

Le taxi démarre sur les chapeaux de roue. Lara croit entendre son père crier son nom, mais elle ne se retourne pas. Désespérée, elle se prend la tête entre les mains. Ils ont affronté les villes du monde entier, mais toujours ensemble, en famille. Maintenant, il n'y a plus de famille, ils ne sont plus rien, rien...

Le véhicule s'arrête devant l'école : Lara saute hors du taxi et se dirige vers la porte. La voix du conducteur s'élève :

– Je suis désolé, Miss, mais je ne suis pas une entreprise de charité publique. Je dois gagner ma vie, moi. C'est huit dollars et demi.

Lara s'immobilise, consternée : elle n'a pas d'argent ! Elle s'est enfuie sans même penser à prendre son portefeuille ! Heureusement, elle finit par exhumer un billet de dix dollars tout chiffonné du fond d'une poche. Poussant un soupir de soulagement, elle le tend à l'homme :

– Gardez la monnaie, dit-elle en s'essuyant les yeux du revers de la manche.

– Allons, ma p'tite demoiselle, vous ne pouvez pas

rester sans argent! Ces pièces vous permettront au moins de donner un coup de fil. J'ai des enfants, vous savez, je sais ce que c'est! Demain, tout ira mieux!

Avec un sourire tremblant, Lara esquisse un signe de la main et pivote sur les talons. Elle essaie de pousser la porte principale de l'école: fermée à clé! Que va-t-elle faire, si loin de chez elle, sans sa carte de transport en commun? La jeune fille regarde alors au travers de la vitre: il faut absolument que quelqu'un lui ouvre! Soudain, elle aperçoit Monsieur Pugachov dans le hall: elle martèle frénétiquement la vitre, dans l'espoir d'attirer son attention. Mais il s'éloigne, au lieu de s'approcher! Elle frappe de plus belle: enfin, il semble s'apercevoir de sa présence.

— L'école est fermée, ce soir: nous faisons les travaux de réparation, grommelle-t-il. Vous n'avez pas entendu le communiqué de la direction qui l'annonçait, ce matin?

— Je vous en supplie, Poogy, laissez-moi entrer: j'ai oublié mes affaires au cinquième étage. Je ne serai pas longue!

Le brave concierge voit le visage ravagé de Lara:

— C'est bon, dit-il finalement. Voyons, une gentille demoiselle comme vous ne doit pas se mettre dans des états pareils! Allez vite prendre vos livres! Mais surtout, restez loin des travaux! Et vous sortirez par la porte qui donne accès au passage souterrain.

— Promis, fait Lara en reniflant, tandis que Monsieur Pugachov referme la lourde porte derrière elle.

Tandis que Lara gravit consciencieusement chacune des marches de l'interminable escalier, tout en se demandant ce qu'elle va bien pouvoir faire, elle se rappelle soudain qu'elle conserve toujours un billet de cinq dollars dans son casier, en cas de nécessité! Elle ouvre fébrilement le cadenas, prend le précieux billet et s'immobilise, le cerveau comme engourdi: et maintenant? Que faire? Rentrer chez elle? Impensable! Rester dormir à l'école? Impossible! À court d'idées, désespérée, la jeune fille se laisse choir à terre et se remet à pleurer...

Mais soudain, une idée lui vient à l'esprit: ses amies, elle peut toujours compter sur ses amies! Lara bondit sur ses pieds, se tamponne les yeux avec son tablier de peinture, tout maculé de taches, et se précipite vers les téléphones du couloir. Qui appelle-t-elle? Barbie, dont elle connaît la nature généreuse? Nichelle, l'indépendante? Tori, le boute-en-train? Ana, et son esprit pratique? La trop sensible Chelsie? Elle tend la main vers le combiné, puis suspend son geste... Jamais elle n'aura le courage de prononcer ces mots affreux: «Mes parents se séparent.» Elle essaie à voix basse: toute frissonnante, elle ferme les yeux. Elle a l'impression que les dire à voix haute revient à accepter la réalité. Il faudra bien l'affronter, pourtant, mais pas maintenant!

La dalle! Elle peut laisser une petite note à chacune pour expliquer la situation! Elle a déjà rendez-vous avec Nichelle: les autres viendront aussi, si elle leur demande. Demain, elle trouvera la force de s'exprimer de vive voix.

Lara entre dans une classe dont la porte n'a pas été verrouillée : elle s'assied à un banc et se penche sur sa feuille. Son message sera bref et concis, car, comme son père, Lara a du mal à mettre à nu ses sentiments. Son père... Son père qui les quitte ! Les larmes recommencent à rouler sur ses joues, tandis qu'elle écrit :

Chère Nichelle,
AU SECOURS ! Mes parents veulent divorcer ! Mon père quitte l'appartement pour un logement de l'université. Je ne sais plus quoi faire, j'ai besoin de tes conseils ! Je serai, comme convenu, à 15 h à l'entrée principale. J'écris le même message aux autres. Vous êtes les seules sur qui je peux compter ! Lara

La jeune fille examine longuement les mots couchés sur la feuille, et en particulier le mot «divorcer». Elle soupire, puis se remet à la tâche : à chacune des autres filles, elle fixe rendez-vous pour le lendemain, en ajoutant seulement qu'elle souhaite leur aide.

Elle plie ensuite les feuilles, inscrit les noms de ses amies et écarte la dalle pour les déposer sur le ciment. Dehors, le ciel s'est assombri : la nuit fait son apparition. Lara se sent épuisée, au bord de la nausée, mais, du moins, elle a fait quelque chose. Ses amies viendront demain, fidèles au poste, et la réconforteront. Elle peut rentrer, maintenant. Ses parents doivent être fous d'inquiétude.

Tandis qu'elle descend l'escalier, la jeune fille croise

Monsieur Pugachov, traînant avec lui une énorme boîte à outils.

— Vous deviez avoir beaucoup de livres à prendre, constate le concierge.

— Oui, répond simplement Lara. Vous travaillez drôlement tard, Poogy.

— Que voulez-vous ? Il faut bien que tout soit parfait pour la venue du grand homme, riposte Poogy avec un clin d'œil.

Poogy est enfin arrivé au cinquième étage : il est à bout de souffle !

— Quel soulagement quand ces maudits escaliers roulants fonctionneront ! Au moins, la visite de ce Troy Marcus aura servi à quelque chose ! bougonne-t-il. Tiens, qu'est-ce que je vois là ?

Dans son énervement, Lara n'a pas bien remis la dalle : elle dépasse, visible à l'œil nu ! Monsieur Pugachov sort un tube de colle forte, en enduit généreusement les côtés de la dalle et remet celle-ci à sa place :

— Quand ceci sera sec, commente-t-il, cette dalle sera fixée à tout jamais !

Chapitre 7

Abandonnée de tous !

Lorsque, le lendemain matin, Lara se réveille, roulée en boule sur le matelas pneumatique de la mezzanine, elle commence par s'étirer, jouissant de la vue fascinante de New York éclaboussée de soleil. Puis, soudain, tout lui revient à la mémoire : ses parents se séparent, divorcent peut-être !

La veille au soir, à son retour de l'école, ils l'attendaient, non pas avec des reproches et des récriminations aux lèvres, comme elle l'avait craint, mais avec des paroles de sollicitude.

— Ma pauvre chérie, a dit son père, nous n'aurions jamais dû t'annoncer cela aussi brutalement ! C'est notre faute... Mais où étais-tu passée ? Nous t'avons cherchée partout ! Nous avons téléphoné à l'école, mais nous sommes tombés sur le répondeur. Et nous n'avions pas les numéros de tes amies...

— Nous n'avons pas su nous y prendre pour te

prévenir, a ajouté tristement sa mère. Cela fait des mois que ton père et moi n'avions plus qu'une pensée en tête : comment te préparer à notre séparation...

— Mais pourquoi avez-vous traîné si longtemps ? a-t-elle crié, révoltée. Pourquoi faisiez-vous semblant que tout allait bien ? C'était encore pire !

Monsieur Morelli-Strauss a posé sa main sur l'épaule de sa fille :

— Nous ne faisions pas semblant, *liebchen,* nous essayions réellement de faire marcher les choses, mais nos efforts ont échoué.

— Cela ne signifie pas que nous baissons les bras, a précisé Madame Morelli-Strauss. Nous avons vécu seize ans ensemble, cela ne se balaie pas du revers de la main. Mais, pour l'instant, nous avons besoin de réfléchir et de prendre nos distances.

Lara a soudain ressenti comme un coup de fatigue s'abattre sur elle, la laissant vide de toute émotion.

— Je n'arrive plus à penser à rien, ce soir, a-t-elle dit en chancelant de faiblesse.

— Va dormir, ma grande, a murmuré Madame Morelli-Strauss, et dors tant que tu veux. Tu n'es pas forcée d'aller à l'école demain, si tu préfères rester à la maison. J'écrirai un mot pour la directrice. Mais n'oublie pas que papa et moi, nous t'aimons très, très fort.

Et sa mère l'a embrassée. Son père l'a imitée.

— Ta mère a raison, *liebchen,* nous reparlerons de cela demain, tranquillement.

Lara s'est dirigée en vacillant jusqu'à l'échelle, s'est effondrée sur le matelas tout habillée et s'est endormie comme une masse.

Maintenant, c'est le matin. Lara tend l'oreille, pour voir si ses parents sont déjà éveillés : aucun bruit ne trahit leur présence. Elle cligne des yeux : comme le soleil est éblouissant ! Il doit être fort tard, déjà... Elle regarde sur sa montre : 11 h 30 ! Lara se redresse brusquement : elle a manqué trois cours ! Du pied, elle repousse vite ses draps en une boule informe et se lève.

Depuis la mezzanine, elle jette un coup d'œil sur le reste de l'appartement : ses parents sont tous les deux assoupis, l'un dans un fauteuil, l'autre sur le canapé. Sans doute ont-ils veillé toute la nuit. Lara descend à pas de loup et va chercher deux couvertures dans l'armoire à linge. Malgré son vif ressentiment, elle n'est pas disposée à leur laisser attraper un rhume ! Aucun des deux ne se réveille, ce qui l'arrange bien. Elle a besoin de temps pour digérer la nouvelle avant d'aborder à nouveau le sujet.

Comme la porte de la penderie grince effroyablement, Lara tire quelques habits pas trop chiffonnés du bac à linge sale, car elle se refuse à réveiller les dormeurs. Monsieur Morelli-Strauss a déjà eu l'intention d'en huiler la charnière, mais cela ne s'est jamais fait. « Et maintenant, papa ne vivra plus avec nous », songe la jeune fille. Comment la vie va-t-elle s'organiser ? Elle regarde autour d'elle : comment partager le mobilier ? Ces meubles n'appartiennent ni à

69

son père ni à sa mère, en particulier, mais à toute la famille ! Le fauteuil qu'ils ont acheté au marché aux puces, à Paris ; le tableau qu'ils ont choisi à Milan ; l'armoire qu'ils ont mis cinq heures à monter, parce que les instructions étaient en japonais... Comment partage-t-on ses souvenirs ?

Madame Morelli-Strauss remue dans son fauteuil. Lara fronce les sourcils, alertée : va-t-elle se réveiller ? Mais non, elle se contente de resserrer la couverture autour de ses épaules, avant de se rendormir profondément. Monsieur Morelli-Strauss, quant à lui, ronfle comme une locomotive. Lara s'éloigne sur la pointe des pieds et gagne la cuisine. Elle prend un stylo, une feuille de papier et laisse le message suivant à leur intention :

Chère maman, cher papa,
Je vais retrouver mon amie Nichelle, avec qui j'ai rendez-vous après la fin des cours. Je ne rentrerai pas trop tard, et nous pourrons alors discuter tranquillement.
Votre Lara

Avant de refermer la porte de l'appartement, elle embrasse le salon du regard. Ses yeux s'arrêtent sur la table du téléphone, un petit bijou d'antiquité... dont les pieds sont maculés de taches vertes et jaunes, œuvre de ses quatre ans ! Grand-mère a joliment tempêté quand elle a découvert le désastre ! Mais maman a ri et a déclaré que le meuble était encore plus beau ainsi, et ils l'ont gardé. Qui prendrait la table du téléphone, maintenant, papa ou maman? Lara sent comme une boule l'étouffer, et elle se précipite dehors.

Comme c'est étrange de marcher dans la ville un après-midi d'école. En d'autres circonstances, elle aurait sans doute apprécié l'escapade, mais pas avec tous ces soucis virevoltant dans sa tête. Au fait, ses amies ont-elles déjà reçu son appel à l'aide? Lara n'est pas sans savoir que Tori, Barbie et Nichelle vérifient leur «courrier» deux fois par jour au moins: à l'heure qu'il est, elles doivent certainement être au courant de sa détresse. Quant à Ana et à Chelsie, elles passent à la dalle chaque après-midi, entre deux cours. Bientôt, elles prendraient connaissance de son message... Que vont-elles penser? Sans doute s'inquiéteront-elles de son absence! Quel merveilleux réconfort que de pouvoir compter sur ses amies quand le reste du monde s'effondre!

Il est environ 13 h. Que faire? Aller à l'école, ou attendre? La jeune fille ne se sent pas d'humeur à s'asseoir sur son banc, et à faire comme si tout allait bien. Rien ne sera plus comme avant. Même le Grand Prix lui semble avoir perdu de son attrait. Elle décide donc d'arriver à l'école peu avant 15 h, pour être bien à l'heure au rendez-vous. En attendant, elle va manger quelque part, comme le lui suggère bruyamment son estomac!

Pendant ce temps, Tori et Nichelle bavardent, en attendant le début du cours suivant:

— As-tu vu Lara, au fait ? demande Nichelle à brûle-pourpoint.

— Pas de toute la journée, répond Tori. Elle est peut-être malade... Oh non ! Je sais : elle est sûrement terrée dans un coin de l'atelier. Elle doit avoir rendu son projet pour vendredi.

— Tu as probablement raison, car elle m'a fixé rendez-vous cet après-midi pour me montrer ses chefs-d'œuvre. À 15 h, je crois. Vite, je vérifie !

Nichelle extirpe un billet tout froissé de sa poche, qu'elle relit à voix haute pour le bénéfice de Tori :

Bien chère Nichelle,

Aucun sacrifice n'est trop beau pour toi : je déposerai donc ma palette et te retrouverai demain à 15 h devant l'entrée principale. Ciao, *Lara*

P.-S. : J'aimerais avoir ton avis sur mes barbouillages avant de les présenter au jury.

— Flûte alors, grimace Nichelle, ce sera juste ! Chelsie a déplacé la réunion du comité d'accueil de Troy Marcus à 15 h 15.

— Bah, Lara comprendra... Laisse-lui donc un mot sous la dalle : elle y est toujours fourrée.

— J'ai essayé, figure-toi, mais la dalle a été cimentée !

— Comment ! bondit Tori, outrée. Qui a osé ?

— Je n'en ai pas la moindre idée, dit Nichelle. Peut-être qu'un autre élève nous a vues et nous a dénoncées. Ce n'est pas si grave, après tout, ajoute-t-elle en haussant les épaules. Nous trouverons bien une autre cachette.

— Coucou, les filles! fait alors Barbie, qui vient d'arriver. Que faites-vous après l'école?

— J'essaye d'être partout, répond Nichelle, mi-figue, mi-raisin. Je suis censée jouer les critiques d'art à 15 h pour Lara et participer à la préparation de la visite de Troy Marcus un quart d'heure après avec Chelsie! Personne ne pourrait me remplacer auprès de Lara?

— Impossible, clame Tori. Le duo « Pantalon » m'attend pour aller patiner.

— Et moi, c'est l'anniversaire de ma petite sœur, dit Barbie en secouant la tête. Il faut que j'aille lui acheter un cadeau. En parlant de Lara, quelqu'un l'a-t-il vue aujourd'hui?

— Tori croit qu'elle a séché les cours pour rester à l'atelier: son projet doit être achevé pour vendredi.

Barbie soupire de soulagement:

— Mais oui, tout s'explique maintenant! Voilà pourquoi elle était si distraite, ces derniers temps... Je la sentais tendue, tracassée: elle pensait à l'échéance, qui approche à grands pas!

Puis, Barbie se tourne vers Nichelle:

— Dis-lui que tu la retrouveras demain; ce n'est pas un jour qui fera la différence.

Installée dans un resto de Soho, Lara fait disparaître les dernières miettes de sa pizza. Peu après, elle saute dans le métro qui mène à l'école. Elle a hâte d'entendre les voix chaleureuses de ses amies!

Arrivée à West Street, Lara s'engouffre dans le tunnel réservé aux élèves, montre sa carte à l'agent de la sécurité, et se précipite vers l'entrée principale. Il est presque 15 h! Là, une veste mauve: c'est Nichelle, bien évidemment.

— Nichelle, je suis si heureuse de te voir! s'exclame Lara, les larmes aux yeux. As-tu reçu mon petit mot?

— Oui, par chance, j'ai encore pu l'avoir, répond Nichelle distraitement, tout en regardant sa montre.

Lara est un peu désarçonnée par la désinvolture de son amie. Elle s'attendait à plus d'empressement, à plus de compassion! Et qu'a voulu dire Nichelle? En quoi a-t-elle eu de la chance? Et puis, où sont les autres?

— Écoute, Lara, je sais que tu aurais souhaité mon avis aujourd'hui, mais je voudrais reporter cela à plus tard, si cela ne te dérange pas. Chelsie m'attend au comité d'accueil de Troy Marcus...

— Plus... plus tard? bégaie Lara. Et Chelsie ne viendra pas, elle non plus? souffle-t-elle, consternée.

Nichelle a l'air perplexe:

— Voyons, Lara, tu n'ignores pas combien Chelsie attache d'importance à ce que tout soit au point pour la visite de son héros! Non pas que tes affaires à toi ne l'intéressent pas, se hâte-t-elle d'ajouter, mais il te faudra probablement patienter jusqu'à demain.

— Et Barbie? Tori? Ana? demande Lara d'une voix blanche.

— Barbie serait bien venue si elle n'avait eu des courses à faire; Tori est partie patiner; et Ana étudie avec Blaine, pour autant que je sache.

Lara fixe son amie d'un air incrédule, atterré,

horrifié : elle doit rêver, c'est un cauchemar ! Mais déjà Nichelle reprend en souriant :

– Tu prends les choses trop au sérieux ! Regarde, tu es absolument épuisée, ma pauvre fille : repose-toi un peu... Courage ! Dans quelques jours, ce ne sera plus qu'un mauvais souvenir. Tout se passera bien, tu verras. Bon, je file, sinon Chelsie aura une attaque ! À tantôt !

Et, avant même que Lara n'ait pu dire un mot, Nichelle a disparu. Lara reste sur place un long moment, foudroyée, paralysée, terrassée de douleur. Son univers s'est effondré, et ses amies courent les magasins ! Elle sent son sang se glacer, tandis qu'une pensée s'impose à elle : « Je ne suis rien pour elles, rien du tout ! »

La jeune fille pivote sur les talons et se met à courir vers l'atelier, aveuglée par les larmes. En chemin, elle percute Monsieur Pugachov : le choc est si violent que celui-ci vacille.

– Excusez-moi, Poogy ! crie Lara, avant de poursuivre sa course folle.

Le brave concierge se gratte la tête. Il a toujours considéré Lara comme une jeune fille équilibrée ; or, c'est le deuxième jour de suite qu'il la rencontre manifestement bouleversée, pleurant comme une Madeleine. Enfin, il a eu quinze ans, lui aussi...

Arrivée au troisième étage, Lara pousse brutalement la porte de l'atelier et se dirige vers le tableau représentant la statue de la Liberté. Elle ne voit que la frêle silhouette debout sur le pont du traversier, dont le visage n'est encore qu'esquissé à gros traits. Elle sait maintenant qui est cette enfant au regard perdu, cette fillette seule au monde, sans personne pour prendre soin et se soucier d'elle. C'est elle! Et, l'air hagard, le regard fiévreux, le geste fébrile, Lara s'empare d'un pinceau et se met à peindre avec frénésie.

Lorsqu'elle a enfin achevé, elle jette le pinceau sur la table, sans même prendre la peine de le rincer. Il sera inutilisable? Et alors?

Dehors, la pluie tombe: Lara n'a pas d'imperméable, mais elle sort sans sourciller. Elle sera trempée? Quelle importance! Tous ceux en qui elle a cru l'ont rejetée cruellement, blessée irrémédiablement. Tout n'était que mensonge et déception! Ses amies l'ont abandonnée. Ses parents divorcent. Que lui reste-t-il?

Lara marche, marche comme une somnambule jusqu'au port, les pieds engourdis par l'eau glacée des flaques qu'elle rencontre. Lorsque le traversier lui apparaît, elle secoue la tête, sort le peu de monnaie qui lui reste, achète un billet et monte à bord. Puis elle va s'asseoir sur un cordage lové à l'avant du bateau et regarde les vagues.

Chapitre 8

Où est passée Lara ?

L'esprit en déroute, Nichelle n'arrive pas à se concentrer sur ce que dit Chelsie : une sensation désagréable l'occupe toute, celle d'avoir, d'une manière ou d'une autre, fait défaut à Lara. La jeune artiste semblait si accablée, tantôt, si vulnérable aussi. Sans doute l'approche du verdict du jury met-elle les nerfs de Lara à rude épreuve, exigeant de la jeune fille des forces morales et une endurance considérables. Nichelle aurait dû être près d'elle pour la soutenir et l'encourager, au lieu d'assister à cette réunion où elle n'est pas vraiment indispensable. Dès que celle-ci sera terminée, elle se précipitera à la recherche de son amie. Nichelle jette vite un coup d'œil sur sa montre : 16 h 15, déjà !

La porte s'entrouvre avec un léger grincement : c'est Barbie, qui se glisse dans le fond de la pièce. Elle porte un sac du célèbre magasin Macy's — ce qui laisse supposer qu'elle a trouvé ce qu'elle cherchait —, ainsi qu'un parapluie, rose vif naturellement. Une Tori dégoulinante lui adresse un petit signe de la main : patiner sous la pluie a toujours été d'un intérêt limité, même pour une jeune Australienne en quête de sensations fortes ! Quant à Ana, elle fait son apparition peu après, chargée de livres attachés par un élastique.

« Sitôt que cette stupide assemblée sera achevée, pense Nichelle, nous irons toutes ensemble retrouver Lara et l'entourer de notre affection. Il faut lui faire oublier les tensions attribuables au Grand Prix, ne serait-ce qu'un instant ! Pourquoi ne pas l'entraîner au bar laitier, puis au cinéma, par exemple ? »

Enfin, Chelsie demande :

— Quelqu'un a-t-il une question ? (Dieu merci, personne n'en a !) Dans ce cas, je déclare l'assemblée levée et vous convie à notre dernière réunion, demain, jeudi, pendant la pause repas. Tout doit être parfait pour vendredi ! Que, grâce à nous, la visite de Troy Marcus soit un jour inoubliable !

Un tonnerre d'applaudissements salue la déclaration finale de la jeune Anglaise, puis tout le monde se disperse.

— Bien parlé, Chelsie ! s'exclame Nichelle, qui est restée, ainsi que Barbie, Ana et Tori.

— Merci, Nichelle, répond Chelsie, un sourire aux lèvres. C'est gentil d'être venues !

— Toutes, sauf Lara, fait remarquer Barbie, fronçant le nez. Que se passe-t-il ?

— Je crois qu'elle se tracasse énormément pour le

Grand Prix, intervient Nichelle. Allons lui changer les idées !

— Cela ne lui ressemble guère, pourtant, observe Tori, l'air chiffonné. Lara n'est pas du genre à broyer du noir ou à paniquer...

— Et si nous nous étions laissé tromper par les apparences ? lance finement Barbie. Nous passons notre temps à lui répéter que sa vie est idéale. Peut-être n'est-ce pas son sentiment ?

— En tout cas, moi, je comprendrais qu'elle soit nerveuse, avec le Grand Prix en perspective, affirme Ana. Rappelez-vous comme j'avais du mal à garder mon sang-froid avant le triathlon. Elle doit se faire un sang d'encre, la pauvre !

— Qu'attendons-nous pour aller la réconforter, alors ? conclut Nichelle.

Arrivées au troisième étage, les filles se ruent vers l'atelier, mais il est fermé à clé !

— On dirait qu'il n'y a personne, murmure Barbie, dépitée, après avoir regardé à travers le verre dépoli de la porte.

— Lara ! appelle Ana. C'est nous ! Ouvre, s'il te plaît ! (Pas de réponse.)

— Je m'en veux, fait alors Chelsie, l'air tourmenté. J'étais tellement obsédée par la venue de Troy Marcus que je n'ai pas pensé un seul instant à Lara.

C'est le moment que choisit Monsieur Pugachov pour passer :

— Vous cherchez Lara ?

– L'avez-vous vue ? demandent avidement les cinq filles.

– Et comment ! En pleurs hier, en pleurs aujourd'hui ! Une vraie fontaine, ces jours-ci, votre amie...

– En pleurs ? répète Tori, abasourdie. Vous ne vous trompez pas d'élève, Poogy ? Lara a les cheveux noirs et les yeux verts, et elle est toujours couverte de peinture. Parlons-nous bien de la même personne ?

Monsieur Pugachov acquiesce, avant d'ajouter :

– Même que c'était une pitié de la voir sangloter, hier soir, comme une malheureuse... Et cet après-midi, voilà que ça recommence : je la croise s'enfuyant sans regarder devant elle, les joues ruisselantes, l'air catastrophé !

– Elle venait d'apprendre que j'annulais notre rendez-vous, s'exclame Nichelle. Bon sang, comment ai-je pu être aussi stupide !

– Mais hier soir, quelle raison avait-elle de pleurer ? dit Barbie, fronçant les sourcils. Vous êtes bien sûr, Poogy, que c'était hier ?

– Pour ça, oui ! Je la vois encore, là-haut, au cinquième étage, en train d'écrire ses petits billets, tout en versant des torrents de larmes. Tellement bouleversée qu'elle ne s'est pas rendu compte que j'étais là, occupé à vider les corbeilles à papiers...

– Des petits billets ? répète Nichelle, intriguée. Oh, j'y suis ! Lara m'a demandé, tantôt, si j'avais eu son message. Je lui ai répondu que oui. Mais il s'agissait sans doute d'un nouveau message !

– Poogy, dit Barbie d'une voix décidée, pouvons-nous vous emprunter quelques outils ?

— Comment cela, m'emprunter des outils ? Pour quoi faire, d'abord ?

— Je vous en prie, Poogy, ne posez pas de questions. C'est une question de vie ou de mort ! Nous vous les rendrons en bon état, c'est promis !

— C'est bien parce c'est vous, les filles, grommelle le brave concierge. Voilà ma boîte à outils : servez-vous.

— Merci, Poogy, merci infiniment, souffle Barbie en prenant un martcau et un tournevis.

Les cinq amies se précipitent au cinquième étage. Tori s'accroupit et s'attelle au travail.

— Dépêche-toi, Tori, supplie Barbie. Soulève-nous cette dalle de malheur ! Lara compte peut-être sur nous !

— Cette maudite colle ne veut pas céder, gémit Tori, qui transpire à grosses gouttes. Ouf ! Ça y est ! Victoire !

— Alors, y a-t-il quelque chosc ? demande Chelsie, l'air anxieux.

— Un petit mot pour chacune d'entre nous ! s'exclame Tori. Tenez.

Et elle commençe la distribution, avant de remettre bien proprement la dalle à sa place.

— Mon Dieu, s'écrie Barbie. Ses parents divorcent ! Pauvre Lara !

Nichelle se frappe le front de la main :

— C'est affreux ! À l'heure qu'il est, elle est persuadée que nous sommes au courant et que nous faisons passer Troy Marcus, les courses et le patinage avant ses problèmes!

— Il FAUT la trouver, affirme Tori d'une voix forte.

— Mais où? New York est grand! déplore Ana.

— Commençons par fouiller l'atelier, propose Chelsie. Peut-être y trouverons-nous un message, ou un indice qui nous mettra sur la voie...

Comme un seul homme, les cinq filles dégringolent les marches pour retourner au troisième étage. La porte de l'atelier est grande ouverte, maintenant.

— Lara? lance Chelsie, pleine d'espoir.

Mais ce n'est pas elle: c'est Monsieur Pugachov qui passe la serpillière, tout en marmonnant:

— Cette Lara, tout de même, elle sait peindre! Sa statue de la Liberté est encore mieux que la vraie! Et regardez-moi cette fillette, là, sur le traversier... Elle lui ressemble joliment: on croirait la voir!

Barbie, qui, comme ses amies, passe au crible le moindre petit morceau de papier, tend soudain l'oreille et, s'approchant du chevalet, s'exclame:

— Mais c'est exact, ma parole! La ressemblance est stupéfiante!

— Je parie que c'est là qu'elle est, au port! s'écrie Nichelle, dans une intuition fulgurante. Allons-y!

— Merci mille fois Poogy! fait Tori, avec son enthousiasme coutumier. Au fait, Poogy, ajoute-t-elle au moment de franchir la porte avec ses amies, voulez-vous nous faire plaisir? Ne recollez plus la dalle du cinquième!

— B... bon, bégaie Monsieur Pugachov, interloqué.

Une fois sur le trottoir, les cinq filles se consultent : comment vont-elles aller au port ? En métro ?

— Partageons plutôt un taxi, suggère Nichelle, nous y serons plus vite !

Aussitôt dit, aussitôt fait : dès qu'un taxi fait mine de ralentir à leur hauteur, elles se jettent dessus et s'y engouffrent sauvagement, malgré le regard désapprobateur du chauffeur, qui se voit ainsi envahi.

— Au Staten Island Ferry, s'il vous plaît : c'est très urgent ! dit Barbie d'une voix brève.

Le véhicule fait un bond et démarre en quatrième vitesse : bientôt, les filles sentent leurs têtes ballotter dans tous les sens aux cahots de la course folle.

— Ce gars est complètement cinglé ! s'exclame Tori en se massant le sommet du crâne, après une secousse plus forte que les autres.

— Cinglé ou non, l'essentiel est qu'il nous amène au port, entières de préférence, précise tout de même Ana, qui se cramponne de toutes ses forces à la poignée.

Heureusement, l'embarcadère du traversier est en vue ! Les cinq filles sortent du taxi comme un boulet de canon, paient le conducteur et respirent avec délice l'air marin ; la pluie tombe maintenant en fines gouttelettes.

— Et si elle n'est pas là ? demande Nichelle, proférant tout haut ce que toutes pensent tout bas.

— Eh bien, nous chercherons ailleurs, répond Barbie d'un ton résolu, jusqu'à ce que nous la trouvions ! Il n'est pas question de baisser les bras ! À cœur vaillant, rien d'impossible, comme dit le proverbe...

– Voici le traversier qui revient! l'interrompt soudain Chelsie. Vite, les billets, et sautons à bord!

Peu après, le bateau, lesté de nos cinq demoiselles, s'éloigne de nouveau de l'embarcadère en direction de Staten Island. D'ordinaire, le traversier est bondé, mais le mauvais temps a chassé les habituels troupeaux de touristes. Seuls quelques courageux font le voyage, éparpillés de-ci, de-là, protégés de la bruine sous leurs imperméables à capuchon, se réchauffant les mains autour d'un verre de chocolat chaud. Les filles ont tôt fait d'inspecter le pont: pas de Lara!

– Le pont supérieur? hasarde Nichelle, avant de s'élancer sur l'escalier métallique menant à l'étage. Personne!

– Où peut-elle bien être? murmure Barbie, consternée. Pardon monsieur, reprend-elle à l'adresse d'un membre de l'équipage qui passe justement, n'y a-t-il pas un autre endroit où peuvent se tenir les passagers? Nous cherchons une amie...

– Il y a bien la proue, à l'avant, mais votre amie n'aurait pas toute sa tête de s'y trouver par ce temps!

De fait, la pluie s'est intensifiée et balaie le pont de ses bourrasques violentes. Qui aurait eu l'idée de s'aventurer sur la proue dans ces conditions? Néanmoins, désireuse de ne pas laisser passer la moindre chance, Barbie se force à braver la tourmente. D'un geste énergique, elle ouvre son parapluie et se dirige hardiment vers l'avant du traversier.

Sitôt qu'elle met le nez dehors, le vent l'assaille

brutalement et retourne le parapluie, la laissant exposée à la pluie battante. En un instant, elle se retrouve trempée comme une soupe. Que diable est-elle venue faire dans cette galère! Mais soudain, elle s'immobilise: une silhouette solitaire est appuyée à la rambarde!

– Lara? crie-t-elle d'une voix incertaine.

La silhouette se retourne: c'est Lara! Elle n'a rien pour se protéger de la pluie et ses longs cheveux mouillés sont plaqués sur son visage et son cou.

– On a fini ses emplettes? lance la jeune fille, d'une voix dure et sarcastique. On a trouvé cinq minutes pour la pauvre Lara entre deux magasins?

– Oh, Lara, nous n'étions pas au courant! fait Barbie d'une voix vibrante. La dalle a été recollée: aucune d'entre nous n'a reçu ton mot!

L'espace d'un instant, l'espoir envahit le cœur de Lara, puis elle se durcit, craignant une nouvelle déception:

– Nichelle, elle, l'a reçu, elle me l'a dit! Avouez plutôt que vous aviez autre chose à faire que de vous soucier de mes problèmes!

Barbie secoue la tête:

– Nichelle pensait que tu parlais de l'autre message, celui où tu lui demandais son avis sur tes tableaux. Si nous avions su que tu avais besoin de nous, nous serions toutes accourues! Depuis combien de temps es-tu ici? lui demande-t-elle, d'une voix pleine de sollicitude, tout en couvrant les épaules de Lara de sa propre veste.

– Une éternité, répond Lara, en claquant des dents. Où aller d'autre ? Je croyais en votre amitié, mais vous m'avez laissée tomber, toutes autant que vous êtes, crie-t-elle d'une voix accusatrice, avant d'éclater en sanglots convulsifs.

Barbie reste là, les bras ballants, désorientée. C'est la première fois qu'elle voit Lara pleurer. Elle a toujours vu son amie calme et pondérée, parfaitement maîtresse d'elle-même, affrontant la vie avec une souriante désinvolture. Peut-être est-ce pour cela, précisément, qu'elles n'ont rien soupçonné.

– Si seulement nous avions reçu tes petits mots, soupire Barbie, désolée.

– Tu veux dire... que je compte réellement pour vous ? fait Lara d'une toute petite voix.

– Mais bien sûr, gros bêta ! s'exclame Barbie. Comment as-tu pu en douter un seul instant ? Nous sommes toutes là : viens à l'intérieur et tu verras.

Nichelle est la première à les apercevoir : elle pousse un cri de soulagement et, défaisant son écharpe (mauve naturellement), l'enroule autour du cou de Lara.

– Tu sais, Lara, si j'avais eu ton appel au secours, je ne serait jamais allée à cette stupide réunion !

– Et moi, ajoute Barbie avec feu, je l'aurais annulée aussitôt. Aucune vedette d'Hollywood n'est aussi importante à mes yeux que toi... pas même Troy Marcus !

– C'est vrai, renchérit fougueusement Tori. Rien n'est plus important qu'une amie en détresse, et certainement pas une séance de patinage... même avec le duo «Pantalon»! ajoute-t-elle avec un clin d'œil à Chelsie.

— Allons, conclut Ana, bois ce bon chocolat chaud et raconte-nous tout.

C'est ainsi que Lara peut soulager son cœur, entourée, comme elle l'a rêvé, de la présence et de l'attention de ses amies. Certes, l'avenir n'est pas tout rose, mais elle sait maintenant qu'elle peut s'appuyer sur quelqu'un, et cela fait une sacrée différence!

Chapitre 9

Les séductions d'Hollywood

Vendredi! Le grand jour est arrivé! Depuis une semaine déjà, l'école vit à l'heure de Troy Marcus. On trouve les différents membres de l'équipe des relations publiques de l'acteur fourrés partout: ils prennent des photos des lieux, choisissent les meilleurs angles de vue, placardent les murs d'affiches. Le sourire enjôleur du jeune premier s'étale maintenant dans tous les coins et recoins de l'école!

Cette fois, la directrice de l'équipe fait son apparition. C'est une sympathique et dynamique jeune femme, vêtue de manière sportive.

— Bonjour! Je m'appelle Élisabeth Chung. Laquelle d'entre vous est Chelsie?

— C'est moi, souffle Chelsie avec un sourire nerveux.

Après des jours et des jours d'indécision, elle a finalement opté pour une petite robe de coton jaune, toute simple mais ravissante.

— Je suis ravie de vous rencontrer, Chelsie, fait la jeune femme. Le contenu de votre lettre m'a fortement impressionnée. C'est merveilleux de penser que vous et vos amies prenez tellement à cœur votre travail bénévole au foyer des sans-abri ! C'est surtout pour cela que j'ai choisi... enfin que Troy a choisi votre lettre. Les roses vous ont plu ?

— Elles étaient magnifiques ! s'écrie Chelsie. Mais... ce n'est pas Troy qui les a envoyées ?

— Hum... Oui, en quelque sorte, toussote Élisabeth Chung. Au fait, je dois vous avertir, les filles : Troy est excessivement occupé, il n'aura sans doute pas beaucoup de temps à vous consacrer...

Au même moment, un des cadreurs de l'équipe de reportage télévisé s'approche :

— Excusez-moi de vous déranger, Mademoiselle Chung. D'où voulez-vous que nous filmions ?

La jeune femme les conduit dans le hall, près de l'escalier principal, à l'endroit où Madame Simmons remettra solennellement la clé de l'école à Troy Marcus. Non loin de là, une estrade a été installée, avec un châssis de toile formant des coulisses : c'est derrière cet écran que se tiennent les ingénieurs du son.

Soudain, une énorme limousine s'arrête devant la porte de l'école. Le chauffeur descend, ouvre la portière arrière, et Troy Marcus en descend. Les flashes se mettent à crépiter à la ronde !

— C'est lui, c'est bien lui ! murmure Chelsie, d'une voix extatique.

— Je crois rêver, moi aussi, soupire Nichelle. Regarde, Lara, et savoure : le plus bel homme de la planète !

— Et dire qu'il sera notre directeur aujourd'hui ! jubile Tori.

Lara sourit. Si elle ne se sent pas vraiment au diapason, avec ses problèmes familiaux, elle se réjouit de l'excitation et de la joie de ses amies. Chelsie lui a pris la main et ne la lâche pas. Depuis l'épisode de la dalle scellée, leurs liens se sont encore resserrés, et elles sont devenues très proches l'une de l'autre.

Élisabeth Chung fend la foule et prend la main libre de Chelsie.

— Troy souhaite que l'élève qui l'a invité lui tende la clé. Ton heure de gloire a sonné, Chelsie !

— Devant toutes ces caméras ? souffle Chelsie, épouvantée. Lara, tu ne me lâches pas, d'accord ?

Peu après, les deux amies se retrouvent en « coulisses » pour recevoir les dernières instructions. La conférence de presse va commencer bientôt ! Pour la dixième fois, Lara rassure Chelsie sur sa coiffure... Et soudain, Troy Marcus est là, devant elles ! Il regarde Chelsie et pose sa main sur l'épaule de la jeune fille, qui pense défaillir. L'acteur ouvre alors la bouche, tandis que le visage de Chelsie s'illumine d'un sourire béat. La divine voix de velours de Troy Marcus va retentir dans le hall de la M.I.H.S. !

— Élisabeth, tu ne pouvais pas prévoir une autre robe pour cette gamine ? Tu sais bien que la proximité du jaune ne m'avantage pas ! Demande à une autre fille de me donner la clé, quelqu'un de mieux habillé !

C'est bien la célèbre voix, mais avec une note plaintive et geignarde que Lara n'a jamais remarquée dans ses films.

— C'est elle qui vous a invité, Troy, vous vous rappelez ? répond Élisabeth avec une pointe de sécheresse.

— Je m'en fiche ! C'est moi que les gens veulent voir, et pas elle. Ce jaune doit disparaître !

Élisabeth s'adresse à Chelsie avec un pâle sourire d'excuse :

— Tout va s'arranger, ne t'en fais pas : je reviens dans un instant.

Lara reste figée d'horreur : elle n'ose regarder son amie. Troy Marcus est l'idole de Chelsie, elle a été voir cinq fois chacun de ses films, et il la traite de manière odieuse !

Élisabeth revient alors, le chandail bleu marine de Barbie à la main :

— J'ai emprunté ceci à une de tes amies, Chelsie, chuchote-t-elle. Mets-le sur tes épaules : Troy n'y verra que du feu...

Les yeux de Chelsie brillent de larmes contenues. Lara la serre contre elle et murmure :

— N'accorde pas trop d'importance à cette histoire de couleurs. S'il est exigeant, c'est sans doute pour que la qualité de l'image soit la meilleure possible...

— Pourrions-nous commencer, maintenant ? aboie alors l'acteur. Je ne vais pas rester planté ici toute la journée. Quelqu'un va-t-il se décider à me passer cette fichue rose ? Je ne sais pas qui a eu l'idée de choisir une rose, à propos, mais si je me pique encore une fois, je peux vous garantir que cette personne est au chômage...

Élisabeth réussit à garder un sourire de façade :

– J'ai veillé personnellement à ce que toutes les épines soient retirées, Troy.

Cette fois, l'acteur se tourne vers Chelsie :

– Bon, écoute, gamine, les gens sont venus pour me voir moi, et pas toi : alors tâche de ne pas me faire d'ombre. En gros, le scénario est simple : tu me tends la clé, je te donne la rose, et tu la prends avec un air béat. Compris ?

Chelsie ne répond pas. Lara peut voir ses traits contractés par les efforts qu'elle fait pour ne pas pleurer.

– Bon sang, explose Troy Marcus, cette fille est muette ou complètement idiote ?

Élisabeth s'interpose précipitamment :

– Elle a compris, elle a compris. Tout ira bien. (Puis elle chuchote à l'adresse de Chelsie.) Ce type est absolument infect : ignore-le ! Ta robe est superbe, et tu les éblouiras tous. Vas-y, ma grande !

Comme dans un rêve, Chelsie s'avance alors un peu, portant la grande clé dorée de cérémonie. Lara la suit de près. « Sans doute est-ce ainsi que les choses se passent à Hollywood, songe la jeune fille. Troy ne pense pro-bablement aucune des horreurs qu'il a dites à Chelsie. »

Au même moment, l'acteur se dirige vers Chelsie, semblant sortir droit d'un de ses films. Dieu qu'il est beau! Il lui adresse un sourire éclatant de blancheur, auquel la jeune fille répond faiblement. Sa voix s'élève alors au-dessus de la foule, amplifiée par le microphone qui est épinglé à sa chemise:

— Je suis fier et ému de me trouver aujourd'hui à... (l'acteur fait une pause, comme pour ménager ses effets. Mais, de là où elles sont, Chelsie et Lara peuvent voir Élisabeth tenir un panneau portant le nom de l'école) la Manhattan International High School!

«Il ne connaît même pas le nom de l'école!» pense Lara avec stupéfaction. Lorsque, finalement, les ovations cessent, Troy Marcus reprend de sa voix charmeuse:

— Mais tout ceci n'aurait jamais été possible sans la lettre écrite par une élève de cette école, une élève très spéciale, une fille sensationnelle, merveilleuse, extraordinaire... Chelsie Peterson!

Cette fois, Élisabeth a levé un panneau où figure, écrit en lettres majuscules, le nom de Chelsie. Lara se mord la lèvre: que doit ressentir son amie?

— Viens près de moi, Chelsie, reprend l'acteur.

Chelsie s'approche de lui. La foule, exaltée, scande son nom: «Chel-sie! Chel-sie!»

— Je pense que tu as quelque chose à me remettre? fait Troy Marcus, lui adressant son sourire éblouissant.

La jeune fille, un sourire figé aux lèvres, lui tend alors la clé en commençant le petit discours qu'elle a mis au point:

94

– Au nom de tous les élèves de la Manhattan International High School, je vous offre cette clé qui...

Sans écouter la suite, Troy la remercie et lui prend la clé des mains : il l'élève alors dans les airs, pour que tous puissent la contempler. La foule est maintenant déchaînée et hurle son nom de manière hystérique : « Troy, Troy ! » La voix de l'acteur domine le tumulte :

– Mais moi aussi, j'ai quelque chose pour toi, Chelsie, dit-il, tandis qu'il fait apparaître d'on ne sait où une rose rouge vif. Elle est unique, elle est parfaite, comme celle à qui je l'offre, ajoute-t-il galamment en tendant la fleur à Chelsie.

Dans le public, c'est le délire. Des filles, dans l'assemblée, tombent en pâmoison. La directrice elle-même rayonne. Seule Lara, un peu en retrait, a conscience de ce que doit éprouver Chelsie, qu'on peut sans doute résumer en ces mots : désillusion, chagrin, amertume et indignation.

– Maintenant, reprend l'acteur d'un ton fat, tous les journalistes vont bien gentiment s'en aller, car le devoir m'attend : je suis directeur de cette école, aujourd'hui.

Il met son bras sur l'épaule de Chelsie et l'entraîne dans les « coulisses », suivi par les applaudissements frénétiques de l'assemblée. Sitôt qu'il est hors de portée des caméras, il dégage son bras, laissant tomber Chelsie comme une vieille chaussette.

– Élisabeth, crie-t-il d'un ton méprisant, où est mon eau minérale ?

Puis, s'adressant à la directrice et au sous-directeur, il leur demande :

— Êtes-vous les responsables de la cantine ? Il me faut une salade d'endives et de germes de luzerne. Surtout pas de salade verte, ça me donne de l'urticaire ! Allez !

Élisabeth Chung toussote :

— Madame Simmons est la directrice et Monsieur Merlin est son adjoint.

— Ah bon, désolé, dit l'acteur d'un ton négligent qui frise l'insolence. Puis, il s'en va.

Toute l'école bourdonne d'excitation. Chelsie et Lara ont retrouvé leurs amies.

— Chelsie, comme c'était romantique ! s'écrie Nichelle, les yeux brillants d'étoiles. Montre-nous ta rose !

— C'était sûrement fabuleux d'être sur scène avec lui, non ? demande avidement Tori.

— C'était certainement une expérience d'être sur scène, répond Chelsie d'une voix mesurée. Mais Troy n'est pas comme je l'avais pensé. Pas du tout.

— Quoi, il est encore mieux ? s'exclame Ana, chavirée. Est-ce possible ?

— Laissez-la parler, si nous voulons savoir comment est le vrai Troy Marcus, intime Nichelle, impatientée.

— Si vous me le demandez, Troy Marcus est absolument odieux, ignoble et détestable, déclare Chelsie à voix haute. Et quand je pense qu'après sa prestation de tantôt, toute l'école est à ses pieds, j'en suis malade !

— Mais il a l'air si chouette! fait Tori, déconcertée. Il ne souffre pas du décalage horaire ou quelque chose?

— Oh que non, répond Chelsie. Avez-vous entendu la manière dont il s'est adressé à Madame Simmons et à Monsieur Merlin? Et la façon dont il traite Élisabeth Chung et les gens qui travaillent pour lui? Et ce n'est pas tout...

Et la jeune Anglaise leur raconte mot pour mot ce qui s'est passé dans les coulisses. Tori, écœurée, est la première à réagir:

— Nous n'acceptons pas qu'on parle ainsi à notre Chelsie, clame-t-elle. Il n'est pas question que ce type s'en sorte indemne! Comment pourrions-nous lui donner une bonne leçon?

— J'ai bien peur que nous en soyons pour nos frais, soupire Chelsie. Il les a tous ensorcelés, et personne ne nous croira...

De fait, toute la matinée, les six filles ne font que gaspiller leur salive: quoi qu'elles disent, quoi qu'elles fassent pour dévoiler la véritable personnalité de Troy Marcus, toute l'école, depuis les élèves jusqu'aux professeurs, est tombée sous le charme de l'acteur. Et c'est l'hystérie lorsqu'il va à la cafétéria et fait le baise-main à Madame Morgenthau. Chelsie n'a plus qu'à s'avouer vaincue...

— Ils le trouvent tous adorable et irrésistible! enrage Chelsie. Si seulement ils savaient!

— Elle, elle sait, dit Barbie en désignant du doigt Élisabeth Chung, qui, pendue au téléphone, essaie désespérément d'obtenir la salade d'endives et de germes de luzerne de Troy Marcus. Rien à faire : aucun traiteur ne livre à si courte échéance.

— Où doit manger notre séducteur national ? lui demande Tori d'une voix sarcastique.

Élisabeth éclate de rire, avant de se couvrir précipitamment la bouche de sa main :

— Vous ne lui direz pas que j'ai ri, n'est-ce pas ? Troy va manger dans le bureau de Madame Simmons, en sa seule compagnie.

— Mademoiselle Chung ? l'interrompt Monsieur Merlin. Je suis vite allé au magasin d'alimentation diététique : voilà la salade de Monsieur Marcus.

— Monsieur Merlin, vous me sauvez la vie ! s'exclame la jeune femme, l'air infiniment soulagé.

— Puis-je... puis-je aller porter moi-même son repas à Monsieur Marcus ? demande le sous-directeur d'un air plein d'espoir.

— Je vous en prie ! répond Élisabeth.

Monsieur Merlin ouvre la porte du bureau et entre. Les filles vont à la cafétéria, où elles se laissent tomber sur leurs chaises, profondément déprimées : même Monsieur Merlin aime Troy !

Soudain, les haut-parleurs se mettent à grésiller. Tout le monde tend l'oreille. Troy va-t-il prendre la parole et annoncer quelque chose d'important ?

— *Crac... crac...* et vous appelez ça une salade, Monsieur Machin ? Les endives sont flétries, les germes de luzerne desséchés ! *Crac... crac...* Personne n'est donc fichu de faire quoi que ce soit de correct dans cette stupide école ?

Cette fois, c'est la voix de Monsieur Merlin qui proteste doucement :

– Vous savez, Monsieur Marcus, je n'aime pas vous entendre parler de notre école sur ce ton. Nos élèves sont les jeunes gens les plus merveilleux qui soient, je vous assure.

Dans la cafétéria, un silence de mort règne à présent : tout le monde s'est arrêté de manger, presque de respirer !

– Regardez ce bureau minable, continue Troy Marcus. Toute cette histoire de directeur d'un jour n'aura été qu'une perte de temps ! Cela n'aura absolument pas contribué à la promotion de mon film ! Tout comme cette ridicule visite à ce foyer pour miséreux où m'a traîné Élisabeth...

Dans la cafétéria, un murmure de mécontentement parcourt l'assemblée. Un des élèves se met à protester à voix haute :

– Pour qui se prend-il exactement, ce bellâtre ?

La voix du sous-directeur se fait entendre à nouveau :

– *Crac... crac...* Permettez-moi de vous dire, Monsieur Marcus, que vous n'êtes pas très aimable, et que...

– Je n'ai pas le temps d'être aimable, aboie l'acteur. J'ai un film à gros budget à promouvoir, pigé ?

À ce moment, Lara chuchote quelque chose à l'oreille de Chelsie. Les deux filles se lèvent et s'éclipsent. Peu après, on entend la voix de Chelsie s'élever dans la cafétéria :

— Mes amis, c'est Chelsie Peterson qui vous parle depuis le bureau de Madame Simmons.

— Que faites-vous là, vous n'avez pas le droit, glapit l'acteur. Et éteignez ce micro, d'abord !

— Trop tard, Monsieur Marcus. Mais, en revanche, il n'est pas trop tard pour que je vous dise ce que je pense de vous. Vous êtes l'être le plus égocentrique que j'aie jamais rencontré. C'est moi qui ai eu la mauvaise idée de vous inviter. Mais maintenant que vous vous êtes permis d'insulter notre école, c'est le comble : je retire mon invitation, vous n'êtes plus le bienvenu entre ces murs. Je vous demande de me rendre la clé, et cette clé, je vais la remettre à celui qui a défendu l'honneur de notre école, Monsieur Merlin !

À présent, tous les élèves scandent avec frénésie le nom du sous-directeur. Quant à Lara, dans le bureau de la directrice, elle serre la main de son amie à l'en briser :

— Oh, Chelsie, tu as été formidable !

Toute l'école est maintenant en effervescence : tous les élèves se sont dirigés vers le bureau de la directrice et attendent. Monsieur Merlin en sort, flanqué de Lara et de Chelsie : il tient la clé dorée en main. Une immense ovation l'accueille. Le brave homme en rougit de plaisir.

— M... merci, balbutie-t-il, merci. J'accepte avec émotion l'honneur que vous me faites : je serai votre

100

directeur d'un jour.

L'acteur sort à son tour. Madame Simmons s'adresse à lui, poliment mais fermement :

— Je vous prie de quitter ces lieux, Monsieur Marcus, pour ne plus y revenir.

Tous les élèves applaudissent de nouveau.

— Comme vous voulez, mais vous n'aurez plus jamais une chance comme celle-ci ! lâche l'acteur, les dents serrées. Viens, Élisabeth, la limousine est prête.

— Elle partira sans moi, j'en ai peur, Monsieur Marcus, dit alors la jeune femme, après avoir respiré un grand coup. Aucun salaire au monde ne mérite qu'on se tue à essayer de vous transformer en être humain. C'est peine perdue. J'y renonce !

Et elle dépose sa mallette aux pieds de l'acteur. Fou de rage, celui-ci se précipite au-dehors, sans qu'aucun élève ne juge bon de l'escorter.

Chelsie semble consternée :

— Oh Élisabeth, je suis désolée : c'est à cause de moi que vous avez perdu votre emploi...

Mais la jeune femme a un grand sourire :

— Ma petite Chelsie, grâce à vous, j'ai pris la meilleure décision de ces deux dernières années. Je retourne à Los Angeles et je me consacre enfin au théâtre, comme je l'ai toujours voulu.

Chapitre 10

La vie continue !

Planant sur son petit nuage, Lara se tient à côté de ses œuvres dans l'aile des expositions temporaires du Metropolitan Museum of Art. Elle n'arrive toujours pas à réaliser que les juges l'ont sélectionnée pour être parmi les finalistes. Et à présent, ils s'apprêtent à désigner le vainqueur ! Pour la dernière fois, ils regardent chaque œuvre...

— Oh, Lara, chuchote Madame Morelli-Strauss en lui saisissant le bras, le juge féminin a souri quand elle est passée devant tes tableaux !

— *Liebchen,* dit Monsieur Morelli-Strauss en joignant les mains comme pour une prière, se pourrait-il que tu gagnes ?

Lara soupire. Elle a tant espéré que ses parents se réconcilient pour le grand jour, mais son père vit toujours dans les logements de l'université, tandis que sa mère et elle partagent l'appartement. Et Lara fait la navette entre les deux, vivant la semaine chez l'un, le week-end chez l'autre. Cela n'a rien d'amusant, mais elle s'y est habituée. De plus, ils fréquentent maintenant un conseiller familial, ce qui énerve particulièrement la jeune fille. Enfin, comme disait grand-maman, « si la vie était parfaite, on n'en apprécierait sans doute pas autant les bons côtés... »

Or, après tout, de bons côtés, il y en a : ainsi, papa et maman ont cessé de se disputer tout le temps. Par ailleurs, ses amies sont là, à l'entourer de leur affection et de leur soutien moral, sans qu'il ne soit plus nécessaire de laisser un petit mot sous la dalle. Et enfin, il y a la peinture...

— Viens, Lara, dit Barbie, l'arrachant brusquement à ses pensées, ils vont rendre le verdict !

— Nous croisons tous les doigts pour vous, Lara, souffle Madame Johnson, la directrice de la Maison de l'arc-en-ciel. Et elle lui adresse un grand sourire d'encouragement. À ses côtés se tiennent tous les élèves qui travaillent comme bénévoles au foyer. Rien qu'à les voir tous là, Lara a chaud au cœur.

— J'ai aussi croisé les orteils, lui glisse Tori à l'oreille. Tu vas gagner !

Le jury commence par annoncer le troisième prix, qui se voit récompensé de la somme rondelette de mille dollars : ce prix revient à un sculpteur, qui a combiné le travail de l'argile avec des illuminations au laser.

Le deuxième prix est décerné à un artiste qui a imité un nid de guêpes en papier mâché et en verre, dans lequel volettent des guêpes bien vivantes. Celui-là empoche deux mille cinq cents dollars.

— Et c'est à l'unanimité que le jury a décidé d'attribuer le premier prix à...

Lara ne peut s'empêcher de retenir son souffle. Elle sait bien, pourtant, qu'elle n'a aucune chance et qu'elle peut déjà s'estimer heureuse d'avoir été retenue parmi les lauréats. Mais l'espoir a la vie dure!

— ... à Mademoiselle Morelli-Strauss! achève le président du jury.

Lara sent ses genoux se ramollir sous le coup de l'émotion, mais il faut aller chercher son prix, ce chèque de cinq mille dollars qui les a toutes fait rêver! La jeune fille s'approche donc de la table du jury et, d'une main tremblante, s'empare du microphone.

— Mon Dieu, qu'elle est jeune! entend-elle un juge murmurer.

— Elle est jeune, il est vrai, mais aux âmes bien nées, la valeur n'attend pas le nombre des années, réplique à voix basse son voisin, parodiant la célèbre réplique du Cid.

Lara toussote, puis déclare:

— Je... je voudrais remercier tous ceux qui m'ont aidée à obtenir cette éminente distinction. Mes parents et mes amis, principalement. Je m'étais promis, au cas improbable où je gagnerais, de leur offrir à tous un cadeau en signe de reconnaissance. Mais je pense qu'ils m'approuveront dans la décision que je viens de prendre: je désire faire don de cet argent à Madame Johnson, qui, en tant que directrice de la Maison de l'arc-en ciel, en fera un bien meilleur usage que moi.

Et elle tend le chèque à Madame Johnson, qui le prend, les larmes aux yeux, en murmurant :

– Vous êtes sûre, Lara ?

La jeune fille regarde autour d'elle. Voyant sa famille et ses amis, qui tous sont venus et se réjouissent pour elle, elle répond avec un grand sourire :

– Oui, je suis sûre. Que pourrais-je souhaiter, puisque j'ai tout ce qu'il me faut ?

TOURNE LA PAGE POUR DÉCOUVRIR LE DERNIER REPORTAGE DU JOURNAL *GENERATION BEAT*

UNE ÉLÈVE DE LA M.I.H.S.
PARMI LES LAURÉATS

Le Grand Prix des Jeunes Artistes de New York, organisé par le Metropolitan Museum of Art, a invité tous les concurrents à présenter une œuvre qui combinerait au moins deux techniques ou matériaux différents. Une de nos condisciples, Lara Morelli-Strauss, s'est alignée sur les rangs et a été retenue parmi les lauréats. « Je suis follement excitée de participer à ce concours, nous a-t-elle confié. Les autres candidats ont tellement de talent que c'est un honneur pour moi d'exposer à leurs côtés. »

Certains artistes ont présenté des œuvres tout à fait originales, tel un mini-spectacle au laser. Le premier prix sera décerné la semaine prochaine : l'heureux gagnant se verra remettre la somme de cinq mille dollars. Si vous vous intéressez à l'art contemporain, ne manquez pas cette exposition, qui sera abritée dans l'aile du musée réservée aux expositions temporaires (entrée : 5e Avenue – 85e rue).

ÉCRIRE POUR LA RUBRIQUE CULTURELLE

Les articles destinés à la rubrique culturelle doivent être distrayants pour vos lecteurs. Que vous parliez cinéma, musique, théâtre ou peinture, le ton de ces articles sera plus léger et frivole que celui d'un article consacré à l'actualité.

Comment écrire un article destiné à la rubrique culturelle :

- Pour choisir votre sujet, soyez attentif à ce qui se passe autour de vous. Tout le monde parle d'un nouveau film, au cours de maths ? Votre sœur n'arrête pas de faire tourner le nouveau disque compact de son groupe favori ? Votre concierge est malade de rater un épisode d'un nouveau feuilleton télévisé ? Voilà de quoi prendre votre plume !

- Faites des recherches pour que votre article soit bien documenté. Une des sources de documentation est bien évidemment Internet. Beaucoup de

vedettes ont leur propre site ; de même, les compagnies cinématographiques assurent en général la promotion de leurs films sur Internet. Lorsque vous trouvez quelque chose d'intéressant, imprimez cet article et conservez-le dans une chemise spéciale. Ainsi, lorsque vous serez à court d'idées, il vous suffira de feuilleter vos documents.

- Comme toujours, écrivez de manière simple et claire. N'oubliez pas de décrire minutieusement le type d'événement ni de mentionner l'endroit et le moment où il a lieu. En effet, des lecteurs pourront avoir envie d'aller voir le film ou la pièce dont vous parlez : faites en sorte qu'ils sachent où, quand et comment s'y rendre !

Rappelez-vous ceci :
ÊTRE JOURNALISTE = HONNÊTETÉ = VÉRITÉ

Ne manque pas le sixième volume
de cette collection *Génération Filles* :
Les vestiges du passé

Tandis que Nichelle pose pour la collection d'été à Central Park, en plein hiver évidemment, des rumeurs étonnantes lui parviennent, qui lui font tendre l'oreille : le nouveau site de construction au centre-ville recouvrirait un ancien cimetière ! Rien ne pourra arrêter la jeune fille dans sa recherche de la vérité...